トウキョウマンション

石川智健

Ishikawa Tomotake

光文社

TOKYO MANSION

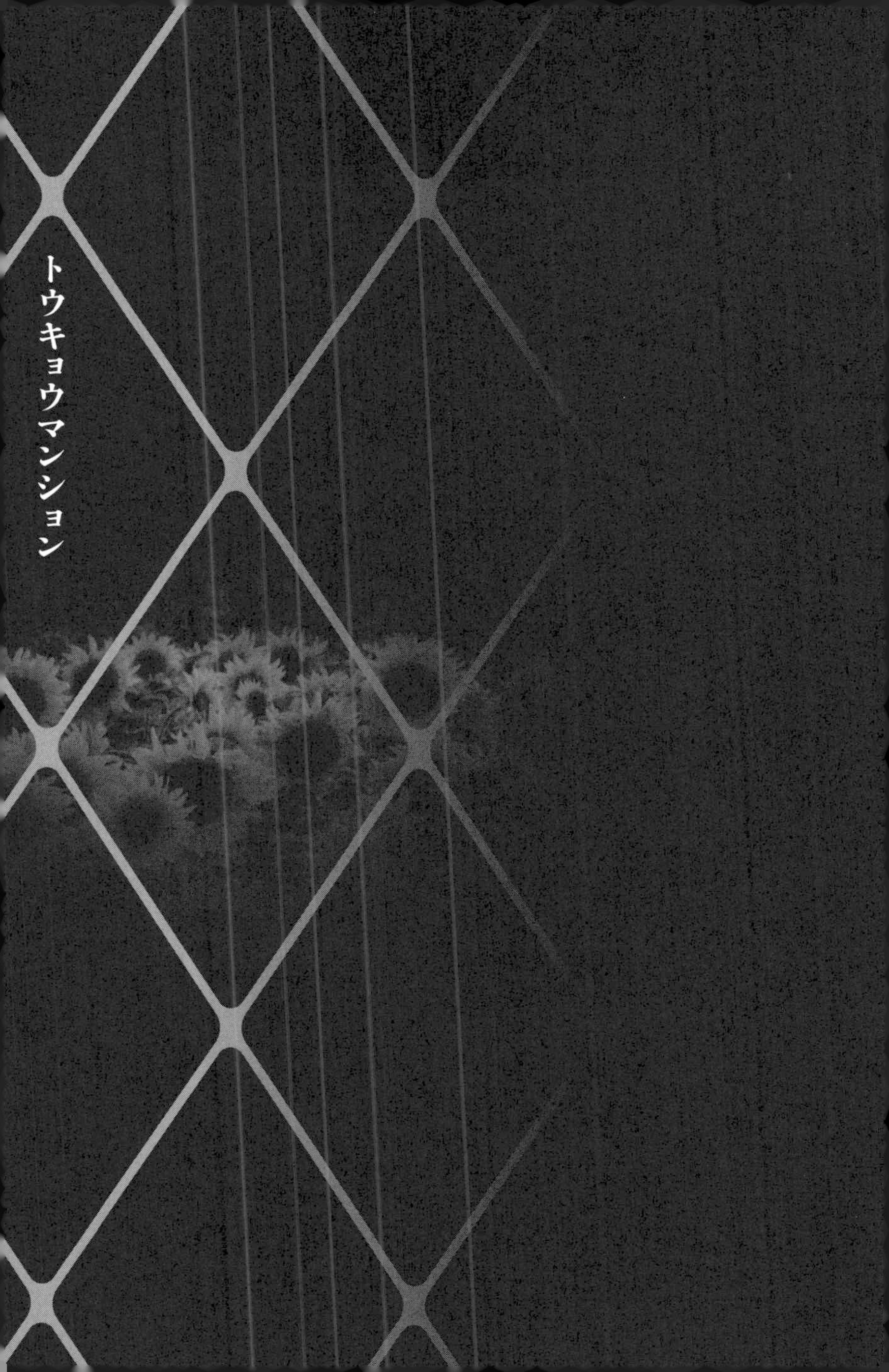

トウキョウマンション

目次

装幀　坂野公一（welle design）
写真　Adobe Stock

プロローグ

すべての物体は、原子の集合体でできている。

人間も例外ではない。そして、死んだ人の原子が、ふとした拍子に宇宙空間に飛んでいくこともあるという。そのことを聞いたのは、いつのことだっただろうか。

少なくとも、あのときよりも前だ。

――あのとき。

広大な大地は雪に埋もれ、砲弾でえぐれた建物や地面を白く彩っていた。常に死が隣に居座っていて、いつ手を伸ばしてきても不思議ではない状況下。

多くの人が死に赴《おもむ》き、より多くの原子が空に舞い上がったのを目視したような気がしたのだ。あれが原子だったのかは分からないし、そもそも原子は目で見ることができない。それでも、多くの原子が散り、光が跳ね、その一部が宇宙へと飛んでいったという確信があった。それは星々の煌《きら》めきに似ていたが、生々しいものだった。

無力な者たちが脅《おど》され、攫《さら》われ、殺されていった。

それを、ただ見ていることしかできなかった。抵抗したが、死を防ぐことはできなかった。

すべてが間違っていた。

周りは、それが間違った選択であり行動であると分かっていた。誤った方向に進んでいると知っていた。知っていてなお、利害を計算していた。世界の秩序を乱す行動を非難しつつ、本気で止めることができなかった――しなかったのか？

どうすれば良かったのか。自問する。

過去は変えられない。未来は存在しない。

つまり、今しかない。

人が今、死んでいるのだ。攫われているのだ。殺されているのだ。

善悪を超越した空間で、国の判断という大きなものに巻き込まれた個が、原子を散らしているのだ。

今、なにをするべきか。なにができるのか。どうすれば、対処できるのか。

その答えを模索するために、私はここにいる。もっとも矛盾した、もっとも捉えどころのない正義について、一つの解釈を。

第一章　逃亡者

DAY 1

夜になっても暑さが和《やわ》らぐことはなく、熱せられた空気で口を塞《ふさ》がれているようだった。呼吸するのも苦しく感じる。

息を殺し、一定の歩調で道を進む。汗が頬《ほお》を伝い、口の中に入った。苦みがある。地面に唾《つば》を吐き、顔をしかめた。

目立たないように意識して歩を進める。今、自分はただの通行人で、ちょっと夜食を買いに外に出ただけなのだと念じつつ、不自然ではないくらいに視線を落とす。表面上は平静を装う。内心では、神経を尖《とが》らせ、警戒は怠《おこた》らない。明かりを周囲に撒《ま》き散らす街灯を避けて通る。闇に溶け込もうとする。

東京湾に面した豊洲《とよす》。一九二三年の関東大震災の瓦礫《がれき》を埋め立てて造られた土地の上には、高層マンションが立ち並んでいた。ここには何度か足を運んだことがあるが、いつもコントラストが強い街だという印象を抱く。不必要に思えるほどの光を放つ建物の周辺は明るいが、そこから離れると、途端に街灯の少ないエリアが出現する。陰と陽のパッチワーク。そのお陰で、白井真司《しらいしんじ》は暗闇に身を潜《ひそ》めつつ、目的地に向かうことができた。

午前二時。

とうに最終電車の運行も終わっていた。波の音が大きく聞こえる。ただ、人通りがないわけではない。もっとも、こんな時間に外を出歩く人も目立ちたいと望んではいないようで、真司に視線を向けてくる通行人はいなかった。

豊洲駅から離れていくごとに、人の気配が消えていく。十五分ほど歩いただろうか。眼前に、巨大な建物が現れる。臨海エリアに建てられたタワーマンション。

通称、トウキョウマンション。

誰がそう言い始めたのかは分からないが、香港《ホンコン》の九龍《きゅうりゅう》にある重慶大厦《チョンキンマンション》を模してのことだろう。重慶大厦は、ネイザンロード沿いに建つ個人住宅を主とする複合ビルの総称で、一九六一年に建てられた。初代オーナーはフィリピン在住の中国人で、もともとは高級マンションとして造られたが、今では数多くのゲストハウスが密集しているビルとして有名で、下層階には、怪しいテナントが連なっている。香港最大規模の繁華街である尖沙咀《チムサーチョイ》のＭＴＲ駅の近くにあるため、観光客も多く、アジア有数の多国籍エリアになっていた。

トウキョウマンションは、見た目は普通のタワーマンションだ。豊洲に林立するものと、大して変わらない。ただ、かなり古びており、色がくすんでいるように感じる。先入観からかもしれないが、魔窟《まくつ》という表現が当てはまる雰囲気を帯びていた。

ここに関する悪い噂《うわさ》は数知れない。鬼が出たり幽霊が出たりという話もある。トウキョウマンション自体が都市伝説と化していて、観光客や冷やかしも多い。そして、深入りして行方不明になることも往々にしてあるというのが定説で、まともな人間は寄りつかない。

悪名高いトウキョウマンションは一九八〇年に建てられた。当初は注目された華美な建物で、住居用に購入する人がいるのはもちろん、投資物件として考える人も多かった。しかしその後、構造上の欠陥がいくつも見つかり、修繕を繰り返すうちに老朽化《ろうきゆうか》も相まって管理費が大幅に値上がりした。マンションが高値で売れそうにないと分かるや否や、海外の投資家たちは住居を手放したり、同郷の人間を住まわせたりし始めた。その結果、どんどん怪しく得体《えたい》の知れない人間が流入し、日本人の住人が逃げるようにいなくなった。投資用に購入した部屋も売れ残って資産価値も暴落して、投げ売り状態になった。竣工《しゆんこう》当初の管理会社も逃げ出し、今は中国系の会社になっている。そして、住人の代表から選出された管理組合は二つあり、日本の暴力団と中国マフィアが担っているという噂だった。

トウキョウマンションの一階と二階には、飲食店などがひしめき合っている。三階から五十階には住居と安宿があった。すでにマンションという体《てい》を成していない高層雑居ビルには、さまざまな国の人が出入りし、犯罪の巣窟《そうくつ》とまで言われていた。ナスダック市場に天井はあるが、ここの犯罪者の数には上限はないとまで揶揄《やゆ》されている。

だからこそ、真司はここを逃げ場に選んだ。

なにかから逃げる人間にとっては安全地帯であると同時に危険地帯でもある。特にこのマンションを拠点にする暴力団の剛条会《ごうじようかい》は特定危険指定暴力団で、極力関わりたくない相手だ。ただ、なるべく早く身を隠す必要があったし、素性《すじよう》が明らかにならなければ問題ないだろうと高を括《くく》っていた。

周囲を警戒しつつ、歩を進める。

正面の、正式なマンション名が掲げられていたであろうプレートは取り外されていた。

「……まさか、ここを頼ることになるとはな」

自嘲《じちよう》気味《ぎみ》な笑みを浮かべてから、エントランスに入る。天井が非常に高く、窓が多用されており開放感があった。もともとが高級マンションだった名残だろう。

時間が時間だけに、一階のテナントのほとんどはシャッターを閉めていた。看板には、英語、中国語、韓国語、ヒンディー語、言語不明のものも多く、日本語のほうが少ない印象だった。業態もさまざまで、飲食店のほかにも、携帯電話販売店、雑貨店、小さなスーパーなどがある。格子状のシャッターの隙間から覗《のぞ》き込むと、〝模造品〟や〝偽物〟という札を置いている腕時計店もあった。

壁には大量の配線が這《は》っており、蔦《つた》のようになっていた。後づけでパーテーションを立て、多くの区画を作ったために電源を増設したのか、配線が多方面に延びている。

張り紙も多い。

〝厳禁吐痰　NO SPITTING〟

〝厳禁吸煙　NO SMOKING〟

〝SALE SALE SLEEPERS〟

〝Please Do Not Pray Here!〟

〝不得进入〟

〝20220224〟

〝自由か死か〟

分かるものもあれば、分からないものもある。また、一生読めないだろうと思ってしまうアラビア語で書かれたものもあった。

最低限の照明だけが点《つ》いた薄暗い空間を見回してから、顔をしかめた。大麻のような臭いがする。おそらく、壁などに染みついているのだろう。真司はクスリはやらないので、不快だった。人の姿もあった。通路で煙草《たばこ》を吸ったり、酒を飲んだりしている。街にいたら確実に警察から職務質問を受けるであろう風体《ふうてい》の人間もいた。

真司を見て敵愾心《てきがいしん》を剥《む》き出しにする者もいれば、羽虫《はむし》が目の前を横切ったかのような無表情を向けてくる者もいる。ほぼ全員、悪人といって差し支えない恰好《かっこう》と雰囲気の持ち主だった。新《しん》宿《じゅく》や六本木《ろっぽんぎ》で虚勢を張っている小物とはまったく違う、本物の悪人に見えた。

関わり合うと面倒だと思い、歩調を速めた。

マンションの案内板が掲げてあった。一階から二階の商業エリアの区画は細分化されている。新宿ゴールデン街《がい》の店舗配置図に近い。三階から上には住居とゲストハウスがあるようだ。

まずは、宿を見つけなければならない。エレベーターを探していると、香辛料の匂いが鼻腔《びこう》をくすぐった。

視線の先に、異様に明るい一角があった。どうやら、カレーショップが開いているようだ。近づいてみる。

〝ケーララの赤《あか》い雨《あめ》〟

看板に書かれた店名は、とても歪《いびつ》な形をしていた。日本語を初めて見た外国人が、見様見《みようみ》真似《まね》で筆を使って書いたような文字。しかも、赤い字なので、どこかおどろおどろしい。〝OPEN〟というネオン看板が点けられており、蛾《が》が飛び回っている。入るのを躊躇《ちゆうちよ》し、引き返そうとした。そのとき、鮮やかな黄色い壁紙の店内にいる、口髭《くちひげ》を生《は》やした男と目が合った。浅黒い肌に、大きな白い目。

「あ、いらっしゃい！」

言うが早いか、店から飛び出してきた男は、真司の腕を摑《つか》んで店内に引きずり込む。凄《すご》い力だった。

「若いね！　いくつ？」

「……二十三」

男の話す勢いに乗せられ、答えてしまう。

「めちゃくちゃ若いね！　だったらお腹空《なかす》いてるでしょ？　食べていきなよ。ここはぼったくりしないよ」満面の笑み。

「あっちの店なんて、ここの五倍の料金だよ。二階にあるインド料理屋はなんと十倍！　ここが一番良心的で、しかも美味《うま》い！　サービスもばっちり。信じて信じて」

その勢いに呆気《あつけ》にとられていた真司は、男の腕を振りほどき、睨《にら》みつける。

しかし、男はまったく意に介していないようだ。うねる黒い髪を手で後ろに撫《な》でつけ、濃い眉毛を上下させた。

「なに食べてく？　カレーがおすすめだよ。私の名前はパテル。インドのデリー出身」

自己紹介を交えつつ、ここで出すカレーがいかに美味《おい》しいかを熱弁する。

「滋養強壮、美容健康、血肉湧き躍る味だよ。ここで食べたら、もう戻れないよ！　鼻から抜けて火を噴くよ！」

よく分からない味だなと思いつつも、まともな食事を摂《と》っていないことに気付く。ここでまともな食事にありつけるかは不明だが、椅子に座った。テーブル席が三つと、カウンター席が二つあるばかりの小さな店だった。

「それじゃあ、おすすめのカレーを一つ」

「先払いだと二千円ね。後払いだと、三千円」

パテルが手を出す。笑顔が引っ込み、真顔になっていた。

「なんで二千……」

「適正料金！」

言葉を被《かぶ》せてくる。

「いや、高いだろ」

席を立とうとしたものの、すぐに座り直した。そして、財布から紙幣を二枚抜いて渡す。座って気付いたが、予想以上に身体《からだ》に疲労が溜《た》まっているようだ。足が動かない。

二千円を受け取ったパテルは、先ほどと同じ笑みを浮かべた。

「カレー一つ！」

その言葉に応じるかのように、店の奥から、パテルにそっくりの男が出てきた。

「……兄弟？」

真司の言葉に、パテルは眉をひそめた。

「違う違う。あれはグプタ。兄弟でもなんでもない。まったくの他人」

「でも、かなり似て……」

「似てるっていってもね、インド人、みんなこんな顔だよ」

パテルは自分を指差し、次にグプタを指差す。

「前にインドに戻ったときは、指名手配の殺人犯に間違えられたんだけど、私じゃないよ！　たしかに指名手配の写真と似てるけど、絶対に違うよ！　そんなこといったら、インド中に指名手配犯が溢《あふ》れちゃうよ！」

勝手に弁解して、一人で憤慨《ふんがい》していた。

やがて、グプタが皿を持ってきた。四角いテーブルに置かれたカレー。見た目はごく普通だった。ステンレスのスプーンですくって口に運ぶ。

「……美味い」

「でしょ？　グプタ自慢の特製カレー。日本人の胃袋にぴったりフィット。この店で出すのは、北インドではなくて、南インドのものだから。しかも、最高峰の味だという自負があるよ」

「北と南、そんなに違うのか？」

スプーンを動かしながら問う。

「違うよ！　違うに決まってる！」

心外だということを全身で表現したパテルは両手を広げる。

「北インドのものは乳製品を多く使った濃厚でとろとろの甘ちゃん。それに対して南インドのものはスパイスがっつりのサラサラ系！　どっちも最高だけど、私は差別主義者だから！」

「……よく分からないけど、美味いのはたしかだ」

素直な感想を伝えると、パテルが満足そうな顔を向けてくる。

真司は水を飲み、息を吐いて舌の痺《しび》れを紛《まぎ》らせる。

かなり辛《から》いが、たしかに美味い。ただ、その評価には、空腹感による加点もあるだろうし、どちらにしても二千円は法外だ。

「……どうして、こんな時間に店を開けているんだ？」

素朴な疑問だった。こんな夜中に、客など来ないだろう。現に、ほかの飲食店は閉まっている。

「そりゃあ、この時間帯にやってくる人の胃袋をねじ切るためさ」

パテルは満面の笑みを浮かべる。

——摑むため、と言いたいのだろうと真司は解釈する。

「この時間帯なら、どこの店も開いてないから、独《ひと》り勝ちでしょ。そして、あなたみたいな訳ありの客がふらりとやって来て、ここのカレーを食べて、それで常連になってくれれば儲《もう》けもの。詳しくは聞かないけど、ここにしばらく身を隠すんでしょ？」

「それは……」

「大丈夫大丈夫」

真司の言葉を遮《さえぎ》ったパテルは、手を振る。

「こんな時間に、こんなところに来るような人間は、絶対になにかを抱えている。常識中の常識ね。まぁ、別に珍しいことじゃないから」

本当に珍しいことではないのだろうということは、パテルの表情から読み取ることができた。それもそうだ。なにもないのに、わざわざトウキョウマンションの厄介《やっかい》になる人など、聞いたことがない。

ここは、止《や》むに止まれぬ事情があって辿《たど》り着く場所だ。

「それとも、トウキョウマンションの財宝を探しに来たとか？」

パテルが探るような目を向けてくる。

——財宝。

その噂は真司も聞いたことがあった。トウキョウマンションには財宝が眠っている。GHQのM資金や徳川《とくがわ》埋蔵金、休眠状態の軍事郵便貯金の一部だったりと、どれも噂の域を出ないものだった。

今の真司には興味のない話だ。

「……宿を紹介してくれ。格安かつ、危険のない宿を」

手持ちの資金が少ないわけではないが、どのくらいここに逗留《とうりゅう》するかは決めていない。出費は抑えておくに越したことはない。

「宿？　あぁ、ゲストハウスね。高層階のほうがランク高くてセキュリティもしっかりしているね。でも、低層階のほうが安全安心だと思うよ」

「……どうしてだ？」

セキュリティの高い高層階が危ないとは、真司には不思議だった。

「そりゃあ、エレベーターに乗るでしょ。途中でどんどん人が降りていくでしょ。いつの間にか、エレベーターに強盗と二人きりになるでしょ。だから危険。高層階に泊まる人は金持ってるでしょ。それで、狙われる。宿の中にずっといるなら別だけど、少しでも外に出るなら、低層階のほうがコストパフォーマンスはいいよ」

エレベーターで十階まで行き、降りて左に向かった先の一番奥にある宿がおすすめだという説明を加える。

「こんな時間でも受け付けしていると思うから、行ったらいいよ」

「ごちそうさま。美味しかった」

スプーンを置いた真司は立ち上がる。相変わらず足は鉛のように重いが、腹が満たされたことで多少回復した。

「……しかし、二千円はぼったくりだ」

その言葉を聞いたパテルはきょとんとしてから、名前を訊《たず》ねてきたので、素直に答える。

するとと、パテルは人懐っこい顔になった。

「騙《だま》すっていうのは、バランスだよ。今、真司は二千円出したけど、これが不味《まず》いカレーだったら、バランスが取れない。でも、美味しいカレーを食べることができたから、バランスが取れた。二千円でも、まぁ仕方ないって思った。ぼったくられて不味い飯を食わされるよりも、気分はいいでしょ？　それと、ここの常連になってくれれば、通常料金の千円にしておくよ！」

「……ぼったくってるっていう自覚はあるんだな」

「捉え方は人それぞれだよ」

また来てねと手を振ったパテルは、白い歯を見せた。しかし、すぐに鼻を抓《つま》んで、顔をしかめる。

「あと、真司、とっても臭《くさ》いよ。早くシャワーでも浴びてすっきりしたほうがいいよ」

パテルは右手で鼻を抓みながら、蠅《はえ》でも追い払うように左手を振る。

客に対する態度ではないと思いつつ店を出た真司は、シャッターが下りている通路を歩く。

壁のところどころに落書きがあった。その中に、ひまわりの絵が描かれていた。大きなひまわりだった。

ひまわりから目を離し、同乗者のいないエレベーターに乗り、十階で降りる。そして、言われたとおりに左に進む。どうやら、マンションの住居スペースをそのまま宿に改造しているらしい。

突き当たりに至る。普通なら住人の名前が掲げられている場所に、ゲストハウスの名前が書かれてあった。

〝十戒《じっかい》〟

「……ダジャレかよ」

真司は呟《つぶや》く。

閉じた扉には〝年中無休〟のプレートが付いている。インターホンはガムテープで塞がれていたので、二度ノックしてから扉を開けることにした。

中に入る。玄関は意外と大きな造りをしていた。天然石風の床タイルは汚れ、欠けている部分もあった。おそらくシューズインクローゼットだったであろう空間の前に、小さなカウンターが設置してある。さながら受付カウンターだ。そして、カウンターの向こう側に、文庫本を手にしている女性が座っていた。

下から覗き込むような視線を向けてくる。ミディアムのストレートで、猫を彷彿《ほうふつ》とさせる顔立ち。切れ長の目の縁《ふち》が僅《わず》かに赤く、唇の朱と合っている。力強く黒目がちで、怖《お》じ気《け》づかない雰囲気に真司は気後《きおく》れした。

「宿泊ですか」

本を閉じた女性は、淡泊な調子で言う。真司は思わず視線を背け、小説の表紙を捉える。〝祈《いの》りの海《うみ》〟というタイトルで、海外の小説家の作品のようだ。

真司が頷《うなず》くと、呼応するように女性も頷く。そして、軽い笑みが視界の端《はし》に映る。

「今の時間からだと、リビングエリアでの雑魚寝《ざこね》は五百円。個室は三千円。個室に連泊の場合は、二日目から二千円。チェックアウトは十時。誰かを連れ込むのは禁止で、そういった目的なら別の宿を当たって」

「寝るだけだ」

「それなら良かった。宿っていうのは、そういうものだから。それで、雑魚寝？　個室？」

そのとき気付いたが、女性のイントネーションに訛《なま》りがあった。おそらく中国系だろう。以前、池袋《いけぶくろ》の中華料理店に通っていたことがあり、そのときの店員の口調と似ていた。

「……それじゃあ、個室で」

「個室は三千円。ちなみに、ここはリッツ・カールトンじゃないから、ルームサービスもないし、ミニバーもない」

「期待していないから大丈夫だ」

「そう。なら良かった」

丸みのある声を発した女性は、ノートになにかを書くと、椅子に座ったまま後ろを向き、壁に掛かっている鍵を取ってカウンターに置いた。そして、女性は鼻をひくつかせた後、微《かす》かに笑みを浮かべる。

パテルに指摘されたように、身体が臭いのだろう。金を支払った真司は、半歩後退する。

名前を聞かれたので答える。その直後、偽名を使えば良かったと後悔するが、今さら訂正できない。

女性はノートに日付と名前を書き込む。綺麗《きれい》な字だった。

「鍵は必ずかけること。持ち物を盗まれても当然補償はなし。盗まれたくなければ、肌身離さず持っていること。部屋は窓がないから。トイレとお風呂は共同。ちなみに、何泊の予定？」

「今のところ、しばらくとしか」

いつまでトウキョウマンションに隠れるのか。この場所が安全である限りは潜伏しようと思っていたが、そもそもトウキョウマンション自体が危険地帯である。まったく見当がつかなかった。

「この宿は、何泊できるんだ？」

質問を受けた女性は、僅かに首を傾《かし》げる。ストレートの髪が流れ、天井から降り注ぐ明かりを散らす。

「今は特に予約が入っているわけじゃないから、お好きなだけ。五泊以上だったらもうちょっとおまけできるから、早めに言って」

リンと名乗り、口角を上げて笑う。口を小さく開けるだけの、消極的な笑み。それだけなのに、顔全体が華やいだ。

真司はその顔に見とれていることに気付き、なるべく不自然にならないように顔を伏せた。

そして部屋へ向かおうとすると、すぐに呼び止められる。

振り返ると、リンの手に鍵があった。

「これなしで、どうやって入るつもり？」

調子が狂う。

鍵を受け取り、靴を履《は》いたまま廊下を進む。簡単にピッキングできそうな鍵にくくりつけられているタグには〝3〟と書かれていた。見たところ、〝十戒〟の間取りは4ＬＤＫ。リビングやキッチンがどうなっているかは分からないが、個室は四部屋しかないようだ。風呂場に通じると思《おぼ》しき扉には〝未使用〟と書かれた札が掛かっていた。

該当の番号が貼られた扉を開けて、部屋に入る。五畳ほどの空間に、簡易ベッドが置かれている。ほかには、小さなテレビが床に置いてあるだけだった。全体的に薄汚れているが、布団《ふとん》は綺麗だった。

このままベッドに倒れ込んだら、意識を失うのは間違いない。その前に、身体の汗を流したかった。

部屋を出て、風呂場に向かう。〝未使用〟の札をひっくり返して〝使用中〟にして、中に入った。脱衣所には洗面台が設置されている。あまり掃除をしていないのか、水垢《みずあか》がこびりついていた。

風呂場の電灯スイッチの上に、ふやけた紙が貼ってあった。

〝五分以上使わないこと。六分使ったら下のフロアに漏水《ろうすい》する〟

日本語で書かれている下には、英語と中国語と韓国語も併記されていた。

服を脱ぎ、財布を見る。念のため、すべて浴室に持ってきた。

浴槽はベニヤ板で塞がれている。曇ったガラスの上にデジタル時計が貼り付けてあった。時間を確認しろということなのだろう。本当に漏水してしまうのか、節水のための方便なのかは分からなかったが、面倒は御免だった。四分でシャワーを浴び終え、先ほど脱いだ服を着る。汗や、それ以外の臭いが鼻を突いた。明日、着替えを買いに行こうと思う。

部屋に戻り、床に置いてあるテレビの電源を入れる。

ニュース番組をザッピングし、顔写真が出ていないことに安心し、同時に、そんなものが出ることはないと自分に言い聞かせる。

天気予報の後、キャスターがニュースを読み始める。母親と父親が実子を虐待死《ぎゃくたいし》させたという内容だった。この手のニュースを聞くと、胸くそ悪くなる。品行方正な生き方をしてきたわけではないが、抵抗できない子供を殺すまで痛めつけるという行為が理解しがたかった。

沸々と怒りが込み上げてきたので、テレビを消してベッドに横になり、目を閉じる。一瞬で眠りに落ちた。

DAY 2

目を覚ました真司は、身につけたままの腕時計を確認する。十時を過ぎていた。久しぶりのまとまった睡眠。気分は最悪だが、身体は軽くなっていた。

部屋の中に異変がないことと、財布の金が減っていないことを確認してから部屋を出て、受付に二日目の宿泊代を払う。カウンターに座っていたのは、リンではなく、小太りの中年男性だった。

エレベーターで一階に降りると、マンション内の雰囲気ががらりと変わっていた。

買い物をする人がテナントの前に散見されるし、子供たちが大声を出しながら楽しそうに駆け回っている。子供ははしゃぎ、駆け回るものだ。そんな当たり前のことを、ここ最近見ていなかったような気がした。

周囲を見渡す。住人と思われる普段着の人もいれば、バックパッカーもいた。秋葉原《あきはばら》と上野《うえの》をごちゃ混ぜにしたような光景だった。人々が頻繁に交差し、声が折り重なる。五月蠅《うるさ》いと感じることがないのは、天井が高いせいだろう。真司は川崎《かわさき》の工業地帯で生まれ、川崎駅周辺が遊び場だった。今でこそ綺麗になってきているが、昔はもっと不穏な雰囲気があった。あの雑然とした空間を想起させる。居心地が良かった。

「よう兄弟」

声をかけられる。振り返ると、がっしりした体軀《たいく》の黒人が立っていた。ドレッドヘアと黒いサングラス。

真司は立ち止まると、男は金色のロレックスを見せびらかすように腕を上げた。

「水晶はいるか？」

「……水晶？」

「クリスタル・メスだよ。いっぱつやって、人生を楽しめよ」

男は、嘲笑《ちようしよう》するような表情を浮かべる。

「……俺はクスリはやらない」

一蹴《いつしゆう》すると、男は笑う。

「そりゃあ、トウキョウマンションでクスリはやれない。それはルールだからな。でも、ここで仕入れて別の場所でキメれば、天国だぜ？」

「だから、やらないんだ」

立ち止まったことを後悔し、歩き出す。よく見ると、クスリの売人《プッシャー》らしき人間が何人かいる。売人《ばいにん》は、すぐにそれだと分かる。妙に落ち着いていて、自分のことをデカイと思っている小物の臭いを放っている。ただ、使い捨てられた止血帯や空のビニール袋、注射針の類《たぐ》いがトウキョウマンションには転がってはいなかった。トウキョウマンションにアヘン窟のようなエリアが別にあるのか、先ほどの売人が言っていたように、そもそもここでの使用は禁止されているのかは分からなかった。

三人の子供が脇を駆け抜けていった。その動きを追うと、壁に寄りかかっている女性が目に入る。その目が訴える淀《よど》んだ色気に、真司は辟易《へきえき》する。

太陽が昇っている時刻のトウキョウマンションは、陽と陰が絡み合っていた。

「まさか、こんなところの世話になるとはな……」

昨日呟いたのと同じような言葉を吐き出した。

売春やクスリが横行し、犯罪の温床《おんしょう》となっているというトウキョウマンション。警察の捜査の手が及びにくいため、指名手配犯などが逃げ込んでいるという噂もあった。

真司は周囲を見渡し、各所を注視する。多様な人種がうろついている。一見して健全な人たちが多いが、そこには不穏分子《ふおんぶんし》が散らばっていた。ここにいる人間は、なにかしらの事情を抱えていると見て間違いない。そうでなければ、こんな場所に来たりはしない。

真司自身も同じだ。こんな場所の厄介になどなりたくない。ただ、ここならば、少しの間は組の奴《やつ》らから逃れられるだろう。外の世界の勢力図は、この建物内では通用しない。街のヤクザも寄りつかない、暗部。

ただ、噂では生き馬の目を抜くマンションということだったが、思ったほど酷《ひど》い場所ではないという印象を抱いた。

どんなところにも生活があり、日常があるのだろう。

真司は歩きながら鼻梁《びりよう》に皺《しわ》を寄せつつ、着替えの服を売っている店を探す。シャワーを浴びて身体を綺麗にしたので、余計に服の臭いが我慢ならなかった。

途中、携帯電話販売店に並べられたスマートフォンが目に入る。ＰＯＰには〝整備済携帯〟と書かれてあった。中古品を集めて、液晶画面や覆いの筐体《ハウジング》や部品を交換した中古改装品。素人目には新品にしか見えない。これをここで買い、海外で新品と謳《うた》って売り捌《さば》くのだろう。

ハングルばかりのスーパーに入り、茶色のリネンパンツと長袖のワイシャツを買う。オーバーサイズの柄物。一度ホテルに戻ろうと思ったが、一刻も早く着替えたかった。自分の汗はまだしも、こびりついている血の臭いから早く離れたかった。黒いシャツなので血の色は目立たなかったが、かなりの返り血を浴びているはずだ。

せめてワイシャツだけでもと思い、暗がりでシャツを脱いで着替えた。

「浅里組《あさりぐみ》か」

背後から不意に声をかけられた真司は、驚いて振り返る。

痩身《そうしん》の男が立っていた。白いシャツを着た男はかなりの長身で、顔の彫《ほ》りが深い。そして、異様に肌が白かった。日本人ではないのは間違いないが、どこの国の人間か判別できなかった。どこか、人間離れした雰囲気をまとっていた。そして、深い瞳に見つめられると、居心地の悪さを感じる。

幽霊。その言葉がもっとも似合う。

真司は警戒心を強める。腰を落とし、いつでも攻撃に転じられる体勢を取る。

その反応に、男は八の字眉になった。困ったような表情。もしくは、小馬鹿にしたような顔。

「警戒する必要はない。ただ声をかけただけだ」

「……どうして、そう思った？」

「どうして？」

「……今、組織名を言っただろ」

浅里組。

バッジも外しているし、外見で分かるようなものは身につけていないはずだ。

男は、薄い唇を動かす。

「背中の絵模様だ。池袋の手彫り師《てぼし》によるものだろう。タイの刺青《いれずみ》の雰囲気がある。この刺青を背中に入れているのは、浅里組に多い」

そのとおりだったが、組員以外にも刺青を入れる人間はいる。どうして浅里組の人間だと断定できたのか。

「それに、どう見てもヤクザだ。普通、ヤクザはここに来ない。ここに来るのは、訳ありの奴だけだ。そして、今の浅里組は、なにかと話題で慌ただしいようだからな」

そういうことか。

「……あんたは？」

推察の経緯は分かったが、まだ警戒を緩めることはできない。追っ手の可能性もある。

「私は、このマンションの管理人だ」

そう言って、一歩だけ距離を縮める。それだけなのに、胸を強く押されたような苦しさを覚える。威圧感ではなく、この男は、なにか、ぼんやりとした昏《くら》さを身にまとっていた。その闇が、真司の首を絞め上げ、呼吸をしづらくさせる。

「ここでは、キエフと名乗っている」

まるで、それが偽りの情報であるかのように言う。

表情のないキエフに見つめられると、人形と相対しているような気味悪さを感じる。

「武器を持っているか」

唐突に問われ、咄嗟《とっさ》に真司は腰のあたりに手を置く。なにもない。昨日の格闘でナイフをなくしてしまったので、今は丸腰だった。

「ないのか。じゃあ、これを使え。そこで拾ったものだ」

背後を指差したキエフは、どこからともなく小型のナイフを取り出し、それを渡してくる。乾いた血のついたナイフだった。

「……これは、どういうつもりだ」

「自殺用に必要だ」

そう言うと、踵《きびす》を返して歩き出す。

「……自殺って、なんのことだよ」

真司は怒りを覚えるが、それ以上に困惑した。

一瞬の間の後、キエフの声が聞こえてくる。

「冗談だ。お前のような人間がここで生き残るなら、たくさんの金か、圧倒的な暴力が必要。それがなければ、勇敢に乗り切るしかない。ナイフは、自分を守るための最低限の道具だ」

背を向けたまま、音もなく立ち去った。

——勇敢に乗り切る。

そんなこと、重々承知している。真司は今まで、勇敢さや度胸だけで生きてきた。そして、そのせいで、こんな事態になってしまった。

キエフと相対《あいたい》しただけで、極度の疲労感を覚える。

真司は大きく息を吐く。鉄でも仕込まれたのかと思ってしまうほど、足取りが重くなった。一度宿に戻ろうとも思ったが、これから過ごすことになる場所の状況を把握しておきたかったので、マンション内を見て回ることにした。

さまざまな国の料理を提供する飲食店、雑貨店、電子部品店が目立つ。並べられている商品のパッケージは日本語が半分ほどで、残りは外国語が記載されていた。服屋や鍵屋、香水店に画廊。ほしいものがあればすべて揃《そろ》うのではないかと錯覚してしまうほど、多種多様だった。

二階の、人通りが比較的少ない一角に、地味な店構えの店舗を見つける。近づいてみると〝R

ＡＴＭ〟と書かれた小さな表札が掲げられていた。説明は一切書かれておらず、出入り口の扉は磨《す》りガラスだったので中を見ることができない。

怪しい店だなと思って通りすぎようとすると、磨りガラスの扉を開けて人が出てきた。黒人の男だ。

視線がかち合う。

「なんや、ワシらの仕事を手伝いたいんか？」

妙な塩梅《あんばい》のイントネーションで言った男は、漂白したような白い歯を見せて笑い、馴《な》れ馴れしく肩を組んでくる。その腕が徐々に締まり、首のあたりまでくる。苦しくなった真司は引き剝がそうとするが、男の力が強く、びくともしない。腕回りが真司の倍くらいある。

「……〝ＲＡＴＭ〟ってのが、なにか気になって」

その言葉に、男は腕を解《ほど》いた。

「お上りさんか」

スキンヘッドの頭を掻《か》きつつ、男は真司の頭からつま先まで視線を這わせる。

「面構《つらがま》え、なかなか良《い》い感じやなぁ」

「……気味悪いな」

真司は呟く。身体つきを調べられているようで、居心地が悪い。

「即戦力でいけそうやな」

納得したように頷いた男は、タンザニア人のジュマと名乗る。

「〝RATM〟っていうのは、Refugee Assistance Tokyo Mansion の略語で、要するに、トウキョウマンションの難民支援団体っていうのを表現しとるんや」

「……難民支援?」

「せや。中東やアフリカからの難民を受け入れている」

真司は眉間に皺を寄せた。

「分かってるって。日本っちゅー国は難民に対して厳格な姿勢を取っていて、基本的には受け入れないのは周知の事実や。難民の認定率は〇・三パーセント……それに比べると消費税一〇パーセントってホンマクソやな。で、ワシらの組織は、ここと香港に拠点を持っていて、難民審査をしてどっちかで受け入れる。というよりも、政府とかに見つからないようにして、国外逃亡を助けてる」

「……違法にってことか」

「トウキョウマンションに合法なんてあるわけないやろ。あるのはキエフのルールだけや」

「キエフのルール?」

「ルールはルールや」

説明する気はないようだ。

「というか、なんで関西弁なんだよ」

「そりゃあ、日本語の師匠がエセ関西人やったからな」

ジュマは愉快そうな笑い声を上げる。

「ほんでな、物騒な国には、国外逃亡専門のエージェントがぎょうさんおって、〝ＲＡＴＭ〟はそいつらと連携してるわけや。ただ、こっちだって受け入れる段取りとか手配とかもあって、場合によっては騒動も起きる。刃傷沙汰《にんじょうざた》も起こる。それに、ワシらが首尾よく受け入れても、普通に働くことはできないから、仕事の斡旋《あっせん》もしてやる」

「仕事って……」

「普通じゃない仕事やな。まぁ、トウキョウマンションには、そういった奴らの受け皿がちゃんと用意されとる。ワシが所属している団体の本部は、香港にある。香港ってのは多くの移民を受け入れて発展してきたんや。トウキョウマンションも同じやな。いろいろな人を受け入れて、彼らがトウキョウマンションを構成しとるっちゅーことや。ここに来た難民は口を揃えてこの場所を褒《ほ》めるで。ここには王様もいないし、奴隷もいない。イスラム教徒もキリスト教徒も仲良しや。国連《こくれん》は視察に来るべきやで」

それでな、と口早に続ける。

「こちとら難民を受け入れて、トウキョウマンションで彼らの仕事を斡旋してるんやけど、あんさんが考えている以上にキツい仕事や。でも、やりがいはある。そこでや、その世話、やらへんか？　金払いは悪いが、生きるだけの金は保証するで」

唐突なオファーに真司は面食らいつつ、首を横に振る。

「仕事をする気はない」

ジュマは目を瞬《しばた》かせる。

「ほんまにええんか？　難民たちは死線をくぐり抜けてきた奴らや。学ぶことも多いと思うで。リアルで使える護身術とか、武器の使い方とかも学べるっちゅーわけや。トウキョウマンションの住人からも、受講して良かったって評判やったで」

そんなことを住人に学ばせて、いったいなにをするというのか。多少気になったが、詳しく聞くほどの興味はなかった。

「間に合ってる」

真司は断り、背を向けて歩き出す。

「ちょっと待ったれや」

背中に鋭い声が突き刺さる。

真司は立ち止まり、振り返った。声に反してジュマの表情は柔らかい。

「危険な仕事、あんさんには似合っていると思ったのに残念や。血気盛んそうやしな。まぁ、なにか困りごとがあったら言ってな。このマンションで信用できるのはワシくらいやで」

自信満々な様子で告げたジュマは、軽薄な笑みを浮かべた。

仕事をする気はなかった。ただ、聞きたいことがあった。腰ベルトに忍ばせているナイフを意識しつつ、口を開く。

「保険がほしいんだが、このマンションで手に入るか？」

「保険？　ああ」

すぐに合点《がてん》がいったようだった。

「あんさんみたいな信用のない外部の人間には、保険を売ってくれる店はない。あっても、非常に粗悪なものしか売ってくれへん。手入れがまったくされていなくて、錆《さ》び付いていて、グリップも摩耗《まもう》していて、一発撃てるか暴発するかのロシアンルーレット方式のものなら売ってくれるかもしれへんが……それでも買うっていうなら、手配してやってもええで。手数料をがっぽりいただくけどな」

「……いや、いい」

「賢明な判断や。飛び道具なんて使わずに、その腰にあるちっちゃなナイフで頑張りなはれ」

そう言い残したジュマは、トウキョウマンションの人混みの中に溶け込み、あっという間に姿を消してしまった。

腰に手を当てる。ワイシャツで隠してあるので、ナイフは見えないはずだ。どうして所持していることが分かったのか。

頭を掻いた真司は、宿に戻ろうと歩を進めた。

午後九時。

ずっと部屋にこもっていた真司は、ベッドに寝転がって天井を見ていた。トウキョウマンションに逃げてきた経緯を思い出す。よく、逃げ切れた。運に見放されてはいない。神の存在など信じていなかったが、今無事でいられるのは見えない力が働いたからではないかという心持ちになる。信心が生まれるが、信じる対象が思い浮かばなかった。

これからどうするべきか。

このままトウキョウマンションに留《とど》まることが安全かどうか、今のところ判断に迷う。もう少し様子を見るべきかもしれない。

そして一瞬、ジュマの力を頼って逃亡の手助けをしてもらおうかと考え、すぐに否定する。国外逃亡エージェントなんて怪しすぎる。

不意に、腹が鳴った。

なにもしなくても腹は減る。ため息を吐《つ》いた真司はベッドから起き上がり、軽くストレッチをしてからゲストハウスを出た。

エレベーターで一階に降り、飲食店をいくつか覗く。

香辛料の香りが、至る所から漂ってくる。そして、コピー商品やＳＩＭカードを宣伝する声が飛び交っていた。

トウキョウマンションには、多種多様な人々がいる。中国人、インド人、パキスタン人、ネパール人。アフリカ系ではガーナ、ナイジェリア、コンゴ、ウガンダ、タンザニア人などが暮らしている。百カ国を超える出身地。世界中から流れ着いた人が身を寄せ合っており、出稼《でかせ》ぎ労働者も多い。ここが日本だということを忘れてしまいそうになる。

再び腹が鳴った。食事をする店を探さなければと周囲を見渡した。トウキョウマンションの飲食店は、ぼったくりが多いと聞く。どの店を見ても、ぼったくりの店にしか見えなかった。

結局、〝ケーララの赤い雨〟に行ってカレーを食べることにした。パテルには常連と認識されたのか、カレーの値段は千円になっていた。辛いが、やはり美味い。

店の外に目を転じる。

昼間駆け回っていた子供たちの姿はない。すでにマンション内は陽から陰に完全に切り替わっていた。この変化を見ると、この世には陰と陽、光と闇が存在しているのを否応《いやおう》なしに意識する。

トウキョウマンションには、なんでもあった。食料品店や日用品店はもちろん、病院や保育施設、教育施設もあった。二階には、ウエスタンユニオンやマネーグラムといった国際送金サービスのコーナーもある。金以外のものを本国に送る際の、インフォーマルな業者も看板を出していた。外に出られない人のためと思われる〝お使いサービス〟まである。

ここでは、なんでも売っていた。どんなものでも売り物になっていた。

金さえあれば、このマンションから一歩も外に出ることなく生活できる。だからこそ、誰かから逃げていたり、なんらかの理由で身を隠す必要のある人は、このトウキョウマンションを頼る。警察の手も及びにくい、治外法権といってもいいこの場所に身を潜める。

「お前の騙し方は、バランスが悪い」

店内では、パテルがグプタを叱《しか》っていた。容姿が似ているので、自分で自分に怒っているようにも見える。

「騙される奴がたくさん損しちゃ駄目だし、騙す奴がたくさん儲けたら駄目。バランスだよ、バランス。これ、適度っていうんだよ」

グプタがなにをやったかは分からないが、よく分からない叱り文句だなと思う。

二人の容姿を見る。自称、インド人だが、それを証明するものはない。トウキョウマンションにいる人は皆、自称という枕詞《まくらことば》がつくように感じる。パテルとグプタも、最初に会ったときはインド人だと言っていたが、バングラデシュ人にも見えるし、顔の濃い日本人が日焼けしているだけのようにも見える。昼間会った管理人のキエフも、ほかの住人も、素性は分からない。虚構の上に成り立っている世界が、トウキョウマンションだった。

「ごちそうさま」

五百円硬貨二枚をテーブルに置き、席を立つ。パテルは真司を一瞥《いちべつ》しただけで、すぐにグプタに対する説教を再開した。いったい、なにをしたのか気になったが、あまり深入りしないほうがいいと判断する。

時間は、午後十時を回っていた。この時間になると、ほとんどの店舗が閉まっている。シャッターが下りている店舗の前で煙草を吸っている人が多い。売人やポン引きも交じっているようだが、目的不明の人間もいる。ただ、煙草を吸っているだけで、わけなどないように見える。

ただ、勘繰ってしまう。

煙草は使いようによっては非常に役立つ道具だ。なにもなく立っていると不審に思えるが、煙草を吸っていると不審さが減る。

なにかを監視しているのだろうか。

煙草を吸っているだけなのかもしれないが、ここはトウキョウマンションだ。偏見をもって見てしまう。

なるべく足早に道を歩き、飲料を買って宿に戻ろうとしたとき、目の前を一人の女性が横切った。〝十戒〟受付の、リンだった。二晩泊まっているうちに、世間話程度には言葉を交わすようになっていた。

メリハリのある、美しい横顔。

急いでいる様子だった。表情に余裕もなかった。姿が見えなくなる。胸騒ぎがした。後を追いたい気持ちもあって一歩踏み込み、躊躇して足を止める。

そのとき、悲鳴が聞こえてきた。リンの声だ。真司は駆け出した。角を曲がると、二人の男に行く手を阻《はば》まれたリンが視界に入る。二人とも、体格がいい。リンのＴシャツの内側に、男の手が侵入している。

状況を確認するまでもなかった。ベルトに差していたナイフの柄を握って抜く。刃の部分には布を巻いていた。使うつもりはなかったので、そのままにしておく。相手に考える暇を与える前に終わらせるのが勝率を上げるコツだ。走る勢いを殺さずに、二人の男のうち、より筋肉質なほうの脇腹に蹴《け》りを入れようとするが、当たる寸前で避《よ》けられる。素早い反応は想定外だったが、すぐに拳《こぶし》を繰り出す。今度は男の身体を捉えた。

脇腹を押さえた男は苦しそうに顔を歪《ゆが》め、後退《あとずさ》る。もう一人の男は目を見開いて拳を構えていたが、交戦意欲はなさそうだった。

「消えろ」

二人の男は憎しみのこもった視線を向けつつも、立ち去っていった。トウキョウマンションにも、弱肉強食の理論は適用されている。

「大丈夫か？」

その問いに震えながら頷いたリンの目は、明らかに怯《おび》えていた。それを見て、真司は家まで送ることにした。

エレベーターに乗り、六階で降りる。

リンの住まいは、トウキョウマンションの住居エリアにあった。２ＬＤＫの部屋を六人で使っているらしい。一番広い洋室には、二段ベッドが二つ。もう一つの部屋にも設置してあるという。最低限の家具だけが置かれた空間。なんとなく、月極《つきぎめ》のレンタルルームを思い起こさせる。

「ほかの皆は、ちょうど郷《くに》に帰ってるから、今は私だけ」

リビングのソファーに座った真司は、リンにもらったアイスティーを飲んだ。この部屋に二人きりだと知り、妙に落ち着かなくなる。視線を彷徨《さまよ》わせる。リビングテーブルに、文庫本が二冊置いてあった。どちらも日本語に翻訳された外国の小説だった。

「……さっきの、知っている奴らか」

リンは首を横に振った。

「見たことない顔。ここの住人かどうかも分からない。私、まだここに来て日が浅いから」

そう言い、ぽつりぽつりと生い立《おた》ちを語り始める。中国から技能実習生として日本に来て、愛知県で農業の技能実習をしていたが、激務や暴力で自殺者が出るほどの過酷な環境で、耐えられずに逃げ出した。そして、トウキョウマンションに流れ着いた今、〝十戒〟で働いているという。

「あのときは、社長や社員から身体を触られたり、わざと卑猥《ひわい》な言葉を言うように強要されたりした。実際に強姦《ごうかん》された子もいるし、肋骨《ろっこつ》を折られた実習生もいる」

「仲介した団体とか、そういった奴らは動かなかったのか？」

「被害を訴えたけど、全然。弱い立場の私たちは、いいように使われるだけ。給料や仕事内容も約束と違うし、本当に最悪だった」

そのときのことを思い出しているのだろう。リンの顔は苦悶《くもん》に歪んでいた。

そして、ゆっくりとため息を吐く。

「……私、ドジなんだ。なにやっても悪い方向にいっちゃって。さっきも、プリンを食べたくて仕方なくなって買いに行ったんだけど、あんなことになっちゃうし」

あの思い詰めた表情は、プリンを欲している顔だったのか。思わず笑いそうになったが、リンは至極真剣だったので、どうにか堪《こら》える。

「でも、〝十戒〟の店番は楽だから。お金は稼げないけど」

困ったような笑み。

それが、真司には眩《まぶ》しく映った。

DAY 10

暴漢に襲われたリンを救って以降、真司は護衛の役割を担うことになり、行動を共にすることが多くなった。護衛といっても、夜にリンが出掛ける際に連れ立つだけで、特に危険なことはなかった。なにもすることのない真司には、いい暇潰《ひまつぶ》しだった。また、護衛の対価ということで、〝十戒〟から出てリンの家に寝泊まりすることになった。恋仲になるのに時間はかからなかった。

初めて裸になったときに、真司の背中にある刺青に気付いたリンが、その模様を褒めてくれた。怖くないのかと訊ねると、刺青はファッションだから怖いはずがないと不思議そうな顔をして言った。

国が違えば、考え方も違うのだなと真司はそのとき思った。

「どうして、ここに来たの？」

二人で小さなソファーに横になっていた。リンの吐息が、胸にあたっている。

真司は、汚れた天井を見つめた。トウキョウマンションに来た理由——どうしても、身を隠す必要があったからだ。

「……リンは、どうしてここに？」

回答を避けた真司の言葉に、リンは僅かに不満そうな顔になるが、追及はしてこなかった。

「……私、ちょっと裏のルートで日本に来たの。そのときにブローカーにたくさん借金をしたんだけど、実習先から逃げたでしょ？　それで、そのブローカーから身を隠さなきゃいけなくなっちゃって。そのブローカー、人の命なんて紙切れくらいの軽さだって言っている奴だから、捕まったらなにされるか……」

リンは、途方に暮れたような表情を浮かべる。

よくある話だなと真司は思う。

高額の手数料を徴収するブローカーや、監理責任を果たさない監理団体も問題になっている。それを象徴するように、毎年、一万人近くの技能実習生が失踪している。そして、悪質なブローカーによって、水商売で稼がされたり、場合によっては見せしめのために排除されることもあると聞く。

「リンも、逃げているんだな」

「もって、ことは、真司も？」

つぶらな瞳が、視界の端に映る。迷いは、まだ燻《くすぶ》っていた。出会って二週間と経ってはいない。自分が置かれた最悪の状況下で、リンという存在に救われ、依存し始めているという自覚はあった。頭では分かっている。ただ、感情の防波堤になるほどの理性はなかった。

真司は一瞬躊躇してから、口を開く。

「……俺は、今日までヤクザとして生きてきた。人を騙して、人の不幸を金に換えて生きてきた。でも、もう疲れたんだ。真人間になりたいと思ったんだ。もう、ヤクザは懲《こ》り懲《ご》りなんだ……それで、ヤクザを辞めるつもりだったんだが、組長はそれを認めてくれなくて。それで、いざこざがあって、この手で殺してしまったんだ。やろうと思ったわけじゃない。気がついたら、死んでた」

言いつつ、当時の映像が脳裏に浮かぶ。胸から血を流し、虚空《こくう》を見つめる生気のない瞳。あの男を殺してしまったせいで、命を狙われる身になってしまった。

――仕方なかったのだ。ああするしかなかったのだ。

真司は、頭の中で呟く。

ほとぼりが冷めるまで、トウキョウマンションに身を隠すつもりだった。ただ、トウキョウマンションも安泰ではない。ここは警察権力が及びにくい場所だし、外界の力学は通用しないので安易に暴力団も介入することはできないが、アンダーグラウンドの情報網を遮断できるわけではない。

絶対に見つけるという意志があれば、やがてここに辿り着くだろう。

いつか、見つかる。それなら座して死を待つのではなく、動くべきだ。もっと遠くに逃げるべきだ。

「……トウキョウマンションを出て、一緒に暮らそう」

つい先ほどまで思ってもみなかった言葉。しかし、口に出すと、その方法が最良の手段に思えた。

目を見開いたリンは、嬉《うれ》しさと困惑が綯《な》い交《ま》ぜになったような表情を浮かべる。

「……でも、ここを出ても……」

「大丈夫だ」真司はリンを強く抱きしめる。

「ここに逃げ込む前に、金になるものを別の場所に保管しておいたんだ」

金になるものが覚醒剤だということは伏せておいた。

釈然としないといった表情を浮かべるリンは、瞬《まばた》きをした。

「そんな大切なもの、どうしてここに持ってこなかったの？」

「……少し、量が多かったからな」

苦しい言い訳だなと真司は思う。

本当は、所持していると、万が一のときにマズいことになるからだ。

真司が命を狙われているのは、組長を殺したからではない。追っ手の目的は、覚醒剤だ。それを持っている状態で見つかった場合、即座に殺される可能性が高い。しかし、覚醒剤の在処《ありか》が分からない状態ならば、すぐに殺されたりはしないだろうと考えたのだ。その隙に、逃げるチャンスも生まれる。手元に置いておくか否かを天秤《てんびん》にかけ、結局は今の形にした。

こめかみに痛みを感じる。それが不快だった。

真司が組長を殺したのは、ヤクザを辞めさせてもらえなかったからではなかった。ヤクザを辞めるために、組が保管していた覚醒剤を盗んで逃げようとしたところを、運悪く見つかったからだ。よりによって、組長に。

「それを売り捌けば、普通の暮らしができるくらいの元手にはなる。どこか、新しい土地でやり直そう」

話を聞いたリンはここを出ることに同意し、それを取ってきてほしいと言う。そうすれば、一緒に逃げると約束した。

DAY 11

夜になってトウキョウマンションを抜け出した真司は、追っ手がいないことを何度も確認しつつ、東京駅からほど近い場所にある小型の月極コインロッカーから覚醒剤を取り出した。警戒しながらリュックサックに詰める。汗が噴き出て、手が震える。早く済ませようと思えば思うほど、手元が狂う。

リュックを背負い、歩き出す。足に力が入らず転びそうになるが、なんとか踏ん張った。ようやく、息苦しさから解き放たれた。呼吸するのを忘れていたようだった。

東京駅で仙台《せんだい》行きのチケットを二枚買った。仙台には縁もゆかりもなかったが、なるべく東京から離れたかった。それに、仙台国際空港を使えば、中国にも行くことができる。リンを追っているブローカーに金を割り増しで返済すれば、お咎《とが》めなしになるだろうとリンが言っていた。偽造パスポートの用意もしてもらえる。そうなれば、リンを頼って中国に逃げることもできる。仙台はほどよく都会で、北海道に足を延ばすこともできる。あの立地ならば、覚醒剤を売り捌くことも比較的容易だ。

周囲を警戒しつつ、トウキョウマンションに戻る。

時刻は二十四時を回っていた。すでにマンション内は、陰の気配が充満していた。

エレベーターの前に行くと、不審な男たちが屯《たむろ》していたので、進路を変えた。この時間帯に出歩いている人は総じて危険人物、接触は避けたほうがいい。非常階段で六階まで上り、リンの部屋に到着する。インターホンは壊れていたので、預かっていた鍵を使って解錠し、中に入った。

「おかえり」

リンが笑顔で出迎えた。

靴を脱ぎ、リビングに入る。少し、空気が冷たい気がした。冷房の効きすぎだろうか。

ソファーに座り、リュックサックから、三キログラムの覚醒剤を取り出した。日本での覚醒剤の末端価格は一グラムで七万円ほど。単純計算で、二億円を超える。

「これがあれば、新しい生活をするには十分だ」

ヤクザ稼業には飽き飽きしていた。所詮《しょせん》は、上層部だけが美味しい思いをする組織。それなのに、大変なのは下の人間ばかりで、責任も下が取る。旨味《うまみ》などなかった。本当は、これを盗んで逃げるだけのつもりだった。あのとき、組長が戻ってこなければ、殺す必要もなかった。覚醒剤を盗んだ時点で、どちらにしても追われる身になったのだが、組長を殺したことで露見が早まり、当初の逃亡計画が狂ってしまった。結果、綱渡りの逃亡になってしまったが、トウキョウマンションの存在を思い出して、逃げ込んだのは正解だった。

今も、こうして生きている。仕切り直しだ。まっとうな人生を歩む。

「これで、人生をやり直そう」

真司の言葉に、リンは頷く。

「嬉しい」

そのときに浮かべた笑みに、真司は悪寒《おかん》を覚えた。控えめな、いつもの笑みではなかった。真っ赤な口を大きく開けた、捕食者の笑みだった。

人の気配を感じる。複数の、殺気立った気配。

二つの影が現れた。目出し帽で顔を隠している。かなり体格がよかった。明確な攻撃の意志を感じる。

ここで応戦するかという考えが一瞬よぎったが、それは悪手《あくしゅ》だという結論に至る。敵は二人ではない。リンを含めて三人だ。この場所で戦っても、勝ち目はない。

体勢を低くした真司は、玄関までの通路を塞ぐように立っている二人の男に突進する。手には、ナイフ。刺すためではない。逃げ道を切り開くためだ。

案《あん》の定《じょう》、真司の咄嗟の行動に二人の男は対応しきれず、道を空ける。その隙間を縫って、真司は部屋の外に飛び出した。

背後から舌打ちが聞こえる。それは、リンのものだった。

真司はところどころ照明の切れた薄暗い廊下を走る。後ろから三人が追ってきていた。ロの字形の廊下を進むが、すぐに立ち止まった。逃げるためにここまで来たのではなかった。

トウキョウマンションの廊下の幅は、それほど広くはない。二人が横並びになって格闘するには不向き。この狭さなら、一人ずつ相手にできる。勝ち目はある。

振り向いた真司は、ナイフを構える。トウキョウマンションの管理人であるキエフからもらったナイフだ。

意外にも、一番前にはリンが立っていた。

「……狙いは、覚醒剤だったのか」

真司の問いに、リンは頷いてから、鼻をひくつかせた。

「最初に〝十戒〟に来たとき、真司は臭かったけど、手からは覚醒剤の匂いがしたの。それで、仲間に調べさせたら、組の覚醒剤をくすねた人物だって分かって。私、鼻が利《き》くからさ」

初めて会ったあの日。リンが嗅《か》いでいたのは、真司の体臭ではなく、血の臭いでもなく、覚醒剤の臭いだったのか。覚醒剤には無臭のものも多いが、臭いがないわけではない。

そのとき気付く。

リンの喋《しゃべ》り方が、まったく違う。流暢《りゅうちょう》な日本語。

「……お前は、なんなんだ？」

「真司には、中国人ということになっているわ」

瞬時に頭に血が上った真司は、間合いを詰めてナイフでリンを刺す。しかし、リンは自ら身体を捻《ひね》って、急所を外した。肩に食い込んだナイフ。リンは顔を歪めるが、笑みを浮かべたままだった。

「ここでは、生きるために、金か暴力が大事。それがない人はね、度胸で乗り切るの」

真司は目を見開く。

その言葉は、ここの管理人であるキエフから聞いたものと似ていた。

「あんたがつけたこの傷があれば、次のカモにDVで刺されたと言って騙せる。同情を寄せてもらえる。覚醒剤と一緒に、この傷もギフトとして受け取っておくわ」

リンは傷口を押さえつつ、後ろに下がる。

代わりに、二人の男が前に出た。その体格に見覚えがあった。そうだ。この男たちは、前にリンを襲った暴漢だ。

男が、警棒のようなものを真司の脳天に向けて振り下ろしてくる。それを避け、男の脇腹をナイフで刺す。そしてすぐに抜いて、もう一人の男に迫り、腹を刺す。格闘は得意だ。それに、すでに一線を越えている。覚悟はできている。舐《な》めてもらっては困る。

残りは、リンだけだ。

全員殺す。

真司は手を伸ばして、リンの首を摑もうとする。

そのとき、何者かに背後から羽交《はが》い締《じ》めにされた。

真司の身体が宙に浮く。驚いてもがくが、まったく腕が解けなかった。

「トウキョウマンション内で、殺人は問題だ」

背後から目の前に回ってきたのは、管理人のキエフだった。

ようやく、腕が解かれた。

真司は振り返る。後ろに立っていたのは、巨人だった。そう表現するしかない。普通の人の三倍ほどの大きさだ。目が吊《つ》り上がっている。こんな顔の横綱がいたなと、真司は考える。

「この男は大歩《ダーブー》。トラブル対処要員だ」

そう説明したキエフは、感情のこもっていない視線を向けてくる。そして、先ほどと同じ言葉を告げた。

「トウキョウマンション内で、殺人は問題だ」

真司は顔を歪める。

「殺人が問題？　非合法の塊みたいなマンション内で、よく言うよ」

「ここでは、秩序を乱さない程度のクスリの売買や売春は経済活動として認めているが、秩序を乱すことは認められていない。殺人は、秩序を乱すものとして禁じている。秩序を乱す者には、その生死にかかわらず出ていってもらうというのが基本ルールだ」

表情一つ変えずに言う。

「こいつが俺を騙したんだぞ！」

「騙すのは、秩序を乱す行為ではない」

「悪人を野放しにしていいのか！」

真司が吠《ほ》える。普通の人間なら戦《おのの》く声量。

「この女は、騙すという経済活動をしただけだ」

キエフは変化を見せず、淡々と言う。

「そもそも、悪人などこの世にはいない。善人が窮地《きゅうち》に立たされて、悪行に手を染める場合だってあるし、悪人が荒稼ぎした金を善行につぎ込むことだってある。状況によって、人の善悪は変わる。善人は、その時点でたまたま悪人にならなくていい贅沢《ぜいたく》を手にしているだけだ」

「……騙すってのは、どう考えたって悪だろうが」

「他人を信用した人間のほうが悪いんだ。ここでは、騙された奴も悪い。誰も信用しないというスタンスで生きれば、人生は意外と上手《うま》くいくものだ」

キエフは言い終えると、リンに視線を向けた。

「経済活動の範疇《はんちゆう》に収まっているうちは、見逃す。しかし、今回は騙し方が下手《へた》だったな。秩序を乱した人間には、相応の罰が待っている。そして、罰を与えて秩序を回復させることが、管理人の役割だ。ここに残るならば、罰を与える。二度とこのマンションに足を踏み入れなければ、見逃す。どちらにするか、今すぐに選べ」

その問いに、リンは舌打ちをした。そして、反抗することなく、負傷した男たちと立ち去る。

真司のことなど眼中にないようだった。

リンの後ろ姿を見届けたキエフは、真司に視線を合わせる。

「あんたはどうする。このままここに残ってもいいが、あの量の覚醒剤は秩序を乱す。それに、いわくつきのようだからな。ここに残るなら、あの覚醒剤は処分しろ。それが、トウキョウマンションにいるためのルールだ」

「……ずっと、俺を監視していたのか？」

事情を知りすぎていると感じた真司は、キエフに問う。

「我々は、積極的に介入はしないが、秩序が乱れないかどうか常に見張っている」

答えになっているようで、なっていない。

立ち上がった真司は、手に持っていたナイフを放った。

「これは返す」

キエフは無言でナイフを見つめ、拾うことなく去っていった。

DAY 13

〝ケーララの赤い雨〟でカレーを食べる。

トウキョウマンションでの、最後の食事だ。リュックには、一キログラムの覚醒剤が入っている。二キログラムは、なくなっていた。おそらくリンが盗《と》ったのだろう。追うことも考えたが、一キログラムあれば十分だと考え直す。大量に捌けば、それだけ目立つ。一キログラムあれば人生をやり直すには十分だ——上手く捌き切れればの話だが。

先ほどパテルに聞いたところ、リンはトウキョウマンションに来た人間を搦《から》め捕《と》り、搾取《さくしゅ》することを生業《なりわい》にしているということだった。そして、誰もリンの正体を知らないらしい。

「というか、あえて聞かないだけだけどね。あの女、前はジャスミンって名前だったし、その前はアメリアだったね」

つまり、自称ということだ。トウキョウマンションは、自称ばかりだと真司は辟易する。

「あの宿……〝十戒〟を紹介したのは、どうしてだ？」

真司は問う。そもそもパテルがあの宿を紹介しなかったら、あの女に会うこともなかった。グルという可能性も、ゼロではない。

パテルは、目を丸くする。質問自体が心外だとでもいうような表情。

「ん？　紹介したらマージンをくれるんだよ。だから紹介した。それだけだよ」

こちらにはまったく非がないと言いたげな調子だった。実際、悪く思っていないのだろう。

「自分の利益になるなら、普通やるでしょ？　それに、宿を紹介するのは、別に悪いことじゃないでしょ？　その後どうなるかは、本人たちの問題。私が介入する必要はないし、あえて介入しない。あえてね」

パテルは満面の笑みを浮かべる。

それを見た真司は、釣られて笑いそうになったが、堪えた。

立ち上がり、トウキョウマンションを出る。

汚れた床タイル。ところどころ割れていた。噂に違《たが》わぬ、トウキョウマンション。

視線を上げる。エントランスに、キエフの姿があった。

「……見送りかよ」

真司の言葉に、キエフは僅かに首を傾げただけだった。

先日調べたが〝キエフ〟という名前は、ウクライナの首都の名前だった。つまり、日本でいうところの〝トウキョウ〟と名乗っているようなものだ。偽名なのは明らかだ。

ウクライナの首都〝キエフ〟。今は、ウクライナ語の〝キーウ〟と発音するらしい。

キエフを正面から見据える。

見た目は、たしかに東欧系のような雰囲気もあるが、よく分からない。ここでは、なにもかもが曖昧《あいまい》だ。

「外でも、やっていけそうか」

すべてを見透かしたような目を向けてくる。緑のようで、灰色にも見える瞳。それでいて深い漆黒。目の色すら、しっかりと捉えることのできない、トウキョウマンションの管理人。

真司は鼻から息を漏《も》らして、嘲《あざけ》る。

「あんた、言っただろ。勇敢に乗り切るしかないって。そんなの、ここでも、外の世界でも同じことだ」

キエフの横をすり抜ける。

「幸運を」

背後から声が届いたが、振り返らなかった。

もう二度と、ここの世話にはならないと心に誓った。

第二章　鬼

1

物心ついたときから、リョウタは江東区豊洲のトウキョウマンションにある児童養護施設に身を寄せていた。そこには、身寄りがおらず、トウキョウマンション以外に行き場のない子供たちが暮らしている。

建築偽装と老朽化が相まって修繕不能となった豊洲にあるタワーマンション——通称、トウキョウマンション——には、さまざまな国の人が暮らし、また、商《あきな》いをしている。マンション内では合法・非合法を問わず商売が盛んで、欲望が渦巻く清濁併《せいだくあわ》せ呑《の》んだ場所となっていた。

地域から腫《は》れ物《もの》扱いされ、一種の治外法権のようになっているトウキョウマンションは、法の支配が及ばず、警察を始め、さまざまな追っ手から身をかわそうとする犯罪者が逃げ込む場所でもあった。

社会から蹴落《けお》とされ、見放された人々を受け入れるマンションの中で、捨てられた子供たちは児童養護施設に身を寄せ合って命を繋《つな》いでいた。

児童養護施設は主に、トウキョウマンションで生まれて捨てられた子供で構成されていたが、どこかの誰かがトウキョウマンションまで来て、総合玄関に捨てていくというケースもあるらしい。聞いた話では、リョウタは後者のようだった。誰かが、わざわざここまで来て捨てていったのだ。

子供たちの国籍は多種多様だが、全員が日本語の読み書きができるよう教育を受けていた。世話係が三人と教師役が一人で、約四十人の子供の面倒を見ている。

運営しているのは、レディボスと呼ばれる香港人の女性だ。もともとは売春の管理運営によって富を得たレディボスは、恋人を追って日本にやってきたものの、苦労続きの恋愛は長続きせず破局し、そのまま日本で商売を始めて今に至るということだった。

もちろん、この児童養護施設が善意で運営されているわけではない。トウキョウマンションに善意は転がっていない。すべてはビジネスであり、金を儲けることができるか否かが物事の尺度になっているように見える。

売春事業から足を洗ったレディボスは、児童養護施設の子供たちを使っていろいろなものを運ばせたり、誰かに届けたりという配達業務をしていた。

リョウタも例に漏れず、レディボスの下《もと》で配達員として働いている。

「暑い……」

日差しが降り注ぐ炎天下、リョウタは豊洲駅から電車に乗って新橋《しんばし》駅で降り、銀座《ぎんざ》方面に向かっていた。

人通りが多く、通行人とぶつからないように注意しながら歩く。飲食店が立ち並ぶ道を進むと、小学校が見えてきた。すでに下校時刻を過ぎているのか、生徒の姿は疎《まば》らだった。正門前には、子供を迎えに来ているらしき保護者の姿もある。

こんな場所にある小学校に通えるのは、さぞ恵まれているのだろう。嫉妬心《しっとしん》は湧かなかったが、自分との落差を意識する。人生のスタート地点が違いすぎる。不公平だとは思うが、それを口にしたところで金になるわけではない。

リョウタは先月十二歳になったばかりだ。小学校でいえば六年生になる。その割に身体が大きかったので、昼間に道を歩いていても警察に見咎められることはない。もし自宅の住所を聞かれたり、身分が分かるものの提示を求められたりするようなことがあっても、対策は万全だった。トウキョウマンションには、書類や身分証の偽造を得意とする人間もいるし、保護者を演じてアルバイト代をもらうような人間もすぐに見つかる。

小学校の正門を横目に、帝国《ていこく》ホテルのほうに向かって歩く。薄暗いガード下に、目的の人物がいた。

「やぁ、今日も暑いね」

高そうな麻のスーツを着た中年男性が、にこやかな笑みを湛《たた》えながら挨拶した。運動と食事制限を怠っていないのか、腹の出っ張りもなく、引き締まった体躯の持ち主。常連客だ。どこからどう見ても、不審さはない。むしろ上流階級と表現していい身なりと雰囲気だった。

リョウタは軽くお辞儀をした後、リュックサックから品物を取り出した。中年男性は僅かに表情を硬くしつつ、周囲に視線を走らせてから手提げ鞄《かばん》に品物を入れ、再び笑みを浮かべる。

「ありがとう。レディボスには後で連絡しておくよ」

そう言って、軽い足取りで立ち去った。金銭的な不安が一切ない類いの人間は、醸《かも》し出す空気が似ている。こうして品物を渡す顧客は、全員が同じタイプだった。下層を相手にしないのがレディボスの流儀だった。

リョウタは、ゆっくりと息を吐く。

レディボスに頼まれて運ぶのは、いつも軽い品物だ。とても高価なもので、トウキョウマンションにしかないものだという。中身を見ることは禁じられていたので、リョウタはその約束を素直に守っていた。金は事前に振り込まれているようなので、品物を渡せば終わる。

配達時間は午後で、受け渡しは決まって路上。小学校の通学路に近い場所が選ばれることが多かった。リョウタは見た目が東洋人だったので、周囲に溶け込むことができるし、配達もそつなくこなすのでレディボスのお気に入りだった。

なんのトラブルもなく配達の仕事を終え、リョウタはほっとして体の力を抜いた。

ポケットに入れている小さな小銭入れを取り出し、硬貨を確認する。そして、コンビニで百二十円のグミを買い、それを頬張りながら来た道を戻ることにした。

児童養護施設では衣食住が保証されているが、それは最低限のものだった。着古しの服に、豪華とはいえない食事、寒さや暑さで命の危険を感じない程度の寝床。これで満足できれば配達業務をしなくても良かったが、誰もがレディボスから与えられる仕事を受けたがっていた。

——働かざる者食うべからず。そして、働かざる者には死を。

レディボスの好きな言葉だ。

配達で得られる収入は僅かだったが、ないよりはマシだ。配達をしない子供もいるが、仕事をしないことで差別をされることもなかった。仕事をしているから偉いということも言われない。レディボスは、働かざる者に死を与える人ではない。働かない子供は、施設の運営や掃除を任されている。適材適所。最初から価値を与えられなかった子供も、ここでは価値を持つことができた。

電車に乗って戻る。豊洲駅から十五分以上歩いた場所に建つトウキョウマンションに到着する。マンションの周囲にはひまわりが多く植えられており、風を受けて揺れていた。

中に入る。児童養護施設は二階にあった。リョウタはエレベーターではなく非常階段のほうに向かう。

錆びついた鉄の扉を開けて、非常階段に至る。人の影はない。空調がないため暑く、換気設備も故障しているので臭かった。階段にはヒビが入っているところや欠けているところが散見される。壁には出来の悪いストリートアートが描かれていた。なにが描いてあるのか判別不能のものばかりだ。

この非常階段を使う人はほとんどいないが、児童養護施設に行くにはもっとも近いルートだったので、リョウタはこの階段をよく利用していた。

階段を五段上ったとき、服を引っ張られて後方に倒れ込む。腕でガードしたので頭をぶつけることはなかったが、肘《ひじ》と膝《ひざ》を強打した。

「お帰り、リョウタ」

転んだ拍子に落としてしまったグミの袋を拾ったのは、長髪で色黒のヨウだった。角刈りにしているセンも後ろにいて、にやにやと笑っている。

「配達の帰りか？」

訊ねたヨウは、足でリョウタの胸を踏みつける。リョウタはポケットに入っている財布を守ろうと身をよじるが、センの腕が伸びてきて盗られてしまった。

財布が、ヨウの手に渡る。

取り返そうとしたが、手を払いのけられた上、脇腹を蹴られて呼吸ができなくなった。

「なんだよ。これだけか」

そう言ったヨウは、センを一瞥する。すると、センはリョウタの靴を脱がせ、中に隠していた五百円玉を発見して笑みを浮かべる。

「やっぱりこんなところに隠してやがった。下手な小細工すんな」

足で頭を小突いたセンは、神経質そうな笑い声を上げる。

ヨウはリョウタの髪を引っ張り、頬を平手で叩《たた》いてから顔に唾《つば》を吐いた。

「お前は俺の暇潰しの道具なんだから、しっかり楽しませろ」

嘲るような表情を浮かべたヨウはグミを頬張り、センを伴って去っていった。

仰向けになったリョウタは、煤《すす》で黒ずんだ天井を凝視した後、顔に付着した唾液を手で拭う。

悔しくて涙が出た。怒りで耳鳴りがする。

——どうして自分がこんな仕打ちを受けなければならないのだろうか。

理由を考え、すぐに止める。暴力を振るうのは、ヨウの暇潰し。これに尽きるのだろう。

ヨウは十五歳で、リョウタよりも身体がひと回り大きく、力も強い。金魚の糞《ふん》のようなセンの存在も厄介だ。センは細身だが、いつもヨウの近くにいる。二対一の喧嘩《けんか》では勝ち目がない。そもそも、戦意もなかった。

立ち上がったリョウタは、身体の痛みに顔を歪めながら階段を上る。

ようやく児童養護施設に辿り着いた。中に入る。薄汚れた、農業用倉庫のような暗くて陰気な場所だ。掃除は行き届いているが、全体的に古い。

教室と呼ばれる空間で、子供たちが遊んでいる。ここは、日本語の読み書きや算数といったことを教える場だった。ただ、教室を思わせるものは前方にあるホワイトボードだけで、机も椅子もない。子供たちは床に座り、床にノートを広げて授業を受けることになっていた。小学校相当の教育施設もトウキョウマンションにはあり、そこに通うこともできたが、リョウタは選択しなかった。また、ここの子供は母親も父親も分からない。いわゆる棄児《きじ》なので日本国籍を得ることができる。希望があればレディボスが手続きをしてくれる。今まで、日本国籍を取ってトウキョウマンションを出ていった子供が何人もいたが、リョウタはまだここにいたいと思っていた。

数人の子供がリョウタに気付くが、声をかけてくることはなかった。仲良くして、ヨウに目を付けられたくないのだろう。

その中に、以前は仲が良かった友達の姿を認める。目が合うと、慌てたように友達のほうから視線を逸《そ》らしていった。苛《いじ》められる前は遊んでいたのに、今では空気のような扱いを受けている。

このことが、なによりも苦しかった。

リョウタは、暴力と孤独に支配されていた。

歯を食いしばり、気にしていないふりをして歩く。

教室の奥にある空間は、ここで生活する孤児たちが寝起きする場所だった。割れた窓が段ボールで塞がれ、三段ベッドをぎりぎりまで敷き詰めた空間は環境が良いとは言えなかったが、それなりに心地よい場所だった。

——ヨウに苛められるまでは。

今では、安心して眠ることもできない。寝ているときに水をかけられたり、叩き起こされたりする。慢性的な寝不足と、いつ暴力を振るわれるか分からない恐怖心にリョウタは疲弊《ひへい》していた。

どうして生きているのか分からない状態が続いていた。

頭を掻き、歩を進める。レディボスの部屋は、児童養護施設のもっとも奥にあった。施設内で使われているどんなものよりも高価であろう素材で作られた扉をノックする。

「入って」

嗄《か》れた声。

洟《はな》を啜《すす》ってから中に入ると、部屋は寒気がするほど冷えていた。最新式のエアコンが、意気揚々と冷気を吐き出していた。この部屋だけは、夏の暑さや冬の寒さから逃れることができる。

「早く閉めて。冷気が逃げていくから」

レディボスは棘《とげ》のある声を発する。リョウタは慌てて扉を閉めた。机の上にある書類にペンを走らせていたレディボスはため息を吐き、紫色に染めた髪を指で掻いてからペンを放る。

「ここの運営も大変だね……で、どうしたの？　目を赤くして」

すべてを見透かしたような瞳を向けながら訊ねてくる。アイシャドウが濃く、その部分が深い暗闇に見える。そこからもう一つの目がニュッと出てきそうで怖かった。

レディボスは武装するかのように化粧を厚く塗っているため、年齢が曖昧だった。おそらく七十歳くらいだろうと思われたが、実は百五十歳と言われても驚かない。人ではないと明かされても納得してしまうような不気味さがあった。

リョウタが答えを渋っていると、レディボスの真っ赤な厚い唇が歪む。唇自体が意思を持って生きているような、ぬらぬらとした動きだった。

「また苛められたのね」

リョウタは答えなかった。認めるのが悔しかった。

目を細めたレディボスは、煙草を取り出して火をつけた。そして、一気に吸い、煙を吐き出しながら言う。

「まぁいいわ。さっき、お客様から連絡があって、無事に受け取ったって」

リョウタは銀座で品物を手渡した中年男性のことを思い出す。

「あなたは仕事をきっちりやってくれるから助かるわ」

レディボスは無表情のまま、もったいぶった調子で報酬《ほうしゅう》の千円を渡してくる。

「ありがとうございます」

「これからも、しっかりと私の役に立ってちょうだいね。それが、ここの運営にも関わっているんだから」

「分かりました」

レディボスが吐き出した煙が霧散していくのを見つめてから頭を下げ、部屋を出ようとすると、背中に言葉が飛んでくる。

リョウタが振り返ると、レディボスは迷惑そうな表情を浮かべていた。

「あのねぇ、私はここで起こっていることはどんなことでも知っているわ。だから、あなたがヨウとセンから苛められていることも知ってる。どんなことをされているのかもね」

一度口を閉じてから、大きく息を吸い込んだ。空気を食べているような、貪欲な吸い込み方だった。

「あなたにはまだ分からないかもしれないけど、人生というのはね、どこまでいっても戦いなの。苛めることが良いかと問われたら、そりゃあ悪いと答えるわ。でもね、そういった悪いことが公然と行なわれているのが世の中なの。つまり、世の中は苛めることを認めているの。それは、苛められることを認めていることでもある。あなたは、そんな世界に順応するか、対抗するか、もしくは死ぬかのどれかを選択しなければならないの。チャールズ・ブコウスキーも似たようなことを書いてたわよ。たしかね」

そう告げたレディボスは、憎らしげに煙草をもみ消してから、再びペンを持ってなにかを書き始めた。

――チャールズ・ブコウスキー。

リョウタが初めて聞く名前だった。

「もういいわ」

「……失礼します」

再び頭を下げ、部屋を後にする。

児童養護施設を出たリョウタは非常階段へと向かい、錆びついた扉を開ける。心がざわざわとしている。嫌な気分だった。蒸して淀んだ空気を肺に吸い込んで、もっと嫌な気分になる。

三階と四階の踊り場に行き、周囲を見渡し、耳を澄ます。人の気配はない。

警戒しつつ、壁面の隅にある空気孔《くうきこう》を慎重に回し、引き抜く。空洞が現れ、その中に手を突っ込んで丸まった布を取り出した。埃《ほこり》まみれの布を縛っている輪ゴムを解き、出てきた千円札と硬貨を確認する。

「……よし、減ってない」

ポケットに入っている千円を足せば、ちょうど一万円になる。

これで足りるかどうか分からないが、ともかく、頼んでみるしかない。それしか、ここで生き残る道はない。

リョウタは階段を上る。目的の場所は二十三階だったのでエレベーターを使ったほうがいいが、なるべく人目を避けたかった。トウキョウマンションでは、子供に脅威《きょうい》を与えてはいけないという基本ルールがあった。それが秩序を保つことになるらしい。ただ、子供同士の争いについては介入がほとんどない。少なくとも、今の状況は介入対象ではないらしい。だからこそ、ヨウとセンを警戒する必要があった。

足を上げて、階段を上ることに集中する。途中、何人かとすれ違うが、特に声をかけられることはなかった。

二十三階に到着した頃には汗が噴き出し、Ｔシャツが肌に貼り付いて不快だった。

非常階段から出て、廊下を進む。

このフロアは住居エリアだったので、廊下は静かだった。二階までの商業エリアと比べて、設備の傷《いた》みも少ない。それでも全体的に古びて見えるのは、やはり建物のメンテナンスが行き届いていないからだろう。

リョウタは足を止め、部屋番号を見上げる。

二三〇五。

ここが目的地だ。

深呼吸をして、気持ちを奮《ふる》い立たせてからインターホンを押す。応答はない。もう一度押すが、結果は同じだった。

引き返したい気持ちもあった。ただ、児童養護施設に帰っても、苛められる生活に戻るだけだ。

――順応するか、対抗するか、もしくは死ぬか。

先ほど聞いた、レディボスの言葉が脳裏をよぎる。

リョウタはポケットに手を入れて、金を確認する。努力して貯《た》めた一万円。

逃げずに、今置かれている状況に対抗する。そのために、ここに来たのだ。

思い切ってドアノブに手を伸ばす。引いてみると、すんなりと開いた。心臓の鼓動が高鳴るのを意識しながら、中に入る。

玄関も、廊下も薄暗い。

ただ、人の気配がした。誰かがいるのは間違いない。

音——これは、誰かがすすり泣く声だ。

逃げ出したい気持ちを抑え、廊下を進む。リビングに続く扉が開いていたので、押して入る。

男が一人、そして、泣いている女が一人いた。互いに向かい合って座っている。

女は背を向けている状態なので表情は分からなかったが、肩が震えていた。辛《つら》そうに泣いている。

男の視線が、リョウタに向けられた。

冷たく、無感動な目。リョウタは全身を搦め捕られたかのように身動きがとれなくなった。痺れるような感覚に支配され、四肢《しし》が自分のものではなくなったように感じる。恐怖心で頭が痺れたが、なんとか思考を働かせた。

鬼は、男だと聞いていた。だから、奥の椅子に座ってこちらを見ているのが鬼だろう。

「……お願いです。殺してください」

不意に発せられた、悲鳴のような女の声。女は、鬼に向かって懇願《こんがん》しているようだった。

トウキョウマンションには、ある噂があった。

二三〇五号室には、鬼が住んでいる。その鬼は、殺し屋だ。一度も失敗したことがなく、依頼人を絶対に満足させることのできる一流の殺し屋だ。

リョウタは、乾いてささくれ立った唇を舐めて、やっとの思いで口を動かす。

ヨウとセンの殺害を依頼する。そのために、ここに来たのだ。

2

明明《ミンミン》は、トウキョウマンションの一階を歩き回っていた。

すでに日は落ち、マンション内は陰の空気に支配されつつあった。

淀んだ空気。この空気が明明は好きだった。明明が生まれ育った広東省《カントンしょう》の東莞《とうかん》と、よく似ている。コピー商品が溢れかえり、スリや強盗、売春、詐欺《さぎ》といった犯罪が横行する地域。ときどき、トウキョウマンションが東莞の縮図に見え、懐かしさすら覚えることもあった。

「本当に、こうして歩いているだけで犯人が見つかるのかよ」

明明が声を発するが、隣を歩く大歩《ダーブー》は反応しなかった。タンクトップ姿の巨漢。明らかに、自分の筋肉を誇示するためのファッション。マッチョ思想に染まった男の自己満足と見苦しさを体現していた。

大歩も広東省の出身だったが、東莞ではなく広州《こうしゅう》で育っている。経済都市である広州には、黒社会と呼ばれるチャイニーズ・マフィアが跋扈《ばっこ》していた。彼らの生業は黄・毒・賭・蛇・槍・陀・殺・拐だ。日本で言えば、売春・麻薬・賭博《とばく》・密航・銃の密売・ショバ代の取り立て・殺人・誘拐。広州も治安がいいとは言えず、そのせいか大歩もここが心地よいようだった。

二人は流れ流れてトウキョウマンションの世話になり、管理人であるキエフの下で働いて生活している。

明明は、道行く人の顔を確認する。知っている顔もあれば、知らない顔もある。ここに住み、生活している住人もいる。ただ、大多数は商売をするために出入りしている人や、なにかから逃げてきたらしい人、目的不明の得体の知れない人で占められていた。

非常に流動的であり、このマンションの性質上、犯罪者が流入することは日常茶飯事だといっていい。

〝ケーララの赤い雨〟という店名のカレーショップにさしかかったとき、店内からパテルが出てきた。ぼったくり店の、ぼったくり男。

「なに、怖い顔して?」

人懐っこい顔でパテルが聞いてきた。

「ちょっとした調査」

明明はパテルの口髭がずいぶんと伸びているなと思いつつ、続ける。

「最近、ヤバい奴が来た噂とかない?」

「ヤバい奴?」

真顔のパテルは腕を組んだ。

「ここに来るのは、ヤバい奴ばっかりでしょ?」

「たしかにね」

明明は納得する。

「あ、もしかして、例の暴行事件？」

パテルは言い、痛ましいといった表情を浮かべる。

やはり、噂になっているのかと明明は内心で思う。

三日前、トウキョウマンションで売春をしていたスズが、何者かに暴行を加えられた。乱暴な客は少なくないが、スズは顔を潰された上、性器も激しく傷つけられて仕事ができない状態になっていた。売春には危険を伴う。今までも多少のトラブルはあったが、今回のケースは完全にモラルを逸脱した行為で、到底放置できる内容ではなかった。そのため、管理人であるキエフが調査を命じ、明明は大歩と一緒にこうして歩き回っていた。

犯人の特徴は不明。スズを暴行した奴は、体液を残していなかった。暴行自体に快楽を感じる異常者。なにも盗られていなかったので、暴行自体が犯人の目的だったと考えられる。

トウキョウマンションには、防犯カメラが相当数設置してあった。基本的には共用部全体を網《もう》羅《ら》しているが、ここ最近、銅線泥棒が横行しているため、機能しなくなっている防犯カメラも多く、穴ができていた。一部の防犯カメラには犯人らしき人物が映っていたが、電灯が消えている箇所が多くて照度が足りず、サングラスをかけて帽子を被っていたため、人相は不明。体格などから男だろうということしか分かっていない。ただ、犯行現場が映っていないので、その人物が犯人だという確証もなかった。

今回の暴行事件を受けて、トウキョウマンションの管理会社は、防犯カメラの更新と増設の予算を計上し、近く工事をすることになっていた。これについてはすでに、住人から成る管理組合に所属するチャイニーズ・マフィアの剣頭《けんとう》と、剛条会という日本の暴力団組織の了解も得られているようだ。

スズは暴行を受けた直後、ショック状態で話をすることができなかったので聞き取りはできていないし、トウキョウマンションの闇医者に応急処置をしてもらった直後、行方不明になっていた。

犯人はすでにトウキョウマンションを去っている可能性が高い。ただ、自分の欲求を満たす犯行に一度成功した場合、同じ興奮を味わいたいという情念に駆られて再びやってくる場合も考えられる。そのために、情報収集をしておくに越したことはないし、もしかしたら今もなお潜伏しているかもしれない。

廊下を歩いていると、前から金髪の長髪男がやってきた。緑色のアロハシャツを着て、酔っ払っているような足取り。

レッドネックだった。

「よぉ、そっちはどうだ?」

酒臭い息を吹きかけてくるレッドネックは赤ら顔に笑みを浮かべる。手に、青島《チンタオ》ビールの瓶を持っていた。人を殴るのに適した形状のビール瓶。

「また酔っ払ってるのかよ」

明明の言葉を受けたレッドネックは、頭をぐるりと回した。

「俺は、酔っ払っているほうが正常なんだ。つまりだ、酒が入っていない俺は、いわば異常者ってことだな」

言い終えたレッドネックは、大きなゲップをした。

明明は顔をしかめる。

レッドネックは自称米国人で、見た目から、年齢は五十歳を超えているはずだ。明明と大歩は二十歳なので、父親のような年齢差である。自らを白人貧困層《レッドネック》と名乗り、それが呼び名として定着している。明明と大歩と同じく管理会社に所属し、トラブル対処要員として活動しているが、レッドネックはスタンドプレーを好む。縛られるのを嫌い、なにを考えているのか分からない男だった。

「銅線泥棒は見つかった？」

明明が訊ねる。

管理人であるキエフの指示で、レッドネックは銅線泥棒を捜しているはずだ。理由は分からないが、必要なのだという。キエフが銅線泥棒を見つけることを重要と判断するのなら、必要なことなのだろう。

レッドネックは下唇を出す。

「俺はただ酔っ払っているだけじゃない。今まさに調査中ってわけだ。このマンションの夜の奴らに自然と紛れ込むことができるのは俺くらいだぞ。周囲に擬態《ぎたい》するためにも、こうして酔っているんだ」レッドネックは、大歩の肩を叩く。

「お前も少しは喋れよ。口の動かし方を忘れるぞ」

言い終えると、陽気なテンポの口笛を吹きつつ、手をひらつかせながら去っていく。その後ろ姿を見送った明明は、無言を貫く大歩と目を合わせてから歩き出す。普段、大歩はほとんど喋らない。減らず口を叩く奴が多い中で、貴重な存在だと明明は思っていた。

角を曲がったところで、すぐに立ち止まる。

目の前に、嫌な奴らが立っていた。嫌な奴ばかりのトウキョウマンションだが、その中でも際立って嫌な奴ら。

「よう、明明と大歩。夜のデートか?」

茶色いスーツ姿の男は、オールバックの髪を手で撫でつける。門仲《もんなか》警察署の陣谷《じんや》と、最近トウキョウマンション対策班に配属された是川《これかわ》だった。是川は小柄だったが、引き締まった肉体の持ち主だ。対策班に配属になる人間は、ある程度屈強な人間が選ばれるらしい。ただ、何年も対策班としてトウキョウマンションを担当している陣谷は猫背で、身体も細い。歩き方もだらしなく、どちらかといえば、レッドネックと同じ雰囲気の持ち主だった。

明明が無言で通りすぎようとすると、陣谷に腕を摑まれた。振りほどこうとするが、手に力が込められ、離れなかった。

「離して」

「逃げるなよ」

そう言った陣谷の指が腕に食い込む。

「聞きたいことがあるんだ。キエフはどこにいる？　あいつ、またなんか妙な動きをしているんじゃないか？」

「妙な動き？　キエフの動きはいつも妙でしょ」

「たしかにな」

陣谷は鼻を鳴らす。

「でも、俺たちに迷惑をかけられちゃ困るんだよ。今、どこにいる？」

「知らない」

「は？　じゃあ呼べよ。呼ばなきゃ捜索隊でも出し……」

「私に、なにか用があるのか」

陣谷が言い終わらないうちに、キエフの声が暗がりから聞こえてくる。まるで幽霊のように現れたキエフ。その肌は血が通っていないと思ってしまうほど白い。無表情の顔は人形のように固まっており、切れ長の目にも感情がこもっていない。そのせいか、やはり幽霊のような茫漠《ぼうばく》とした雰囲気を身にまとっていた。

明明の腕から手を離した陣谷は、肩で風を切りながら間合いを詰める。

「お前なぁ、鼠《ねずみ》みたいになにコソコソやってんだよ」

威嚇《いかく》するような大きな声を受けても、キエフは一切表情を変えなかった。

陣谷は眉間に皺を寄せ、歯を剝き出しにする。

「ちょっと前に、ここの売春婦が半殺しの目に遭っただろ。俺たちはその女を捜しているんだよ。なにか情報はないのか？」

「そんなことがあったのか」

キエフが明明に顔を向けて問う。

明明は肩をすくませる。

「さぁ。ここでの暴力沙汰は珍しいことじゃないので」

明明が話を合わせると、陣谷が苛立《いらだ》たしげに舌打ちをした。

「しらばっくれるんじゃねぇ、白々しい。顔面と性器を潰されるほどの暴行は、トウキョウマンションでも珍しいだろ」

そのとおりだと明明は内心で思う。だからこそ、こうして管理会社の人間が捜査をしているのだ。

犯罪の坩《るつぼ》であり、犯罪者の見本市のようなトウキョウマンション。ただ、ここでの行動は監視され、重犯罪は処罰される。外の世界の法律を適用してくれと泣きつくくらいの処罰が待っている。その抑止力があるから、トウキョウマンション内で大きな犯罪が起こることは珍しかった。

「どこからそんな根も葉もない噂を？」

キエフの問いに、陣谷は引き攣《つ》ったような奇妙な笑みを浮かべる。

「ここで子飼いにしている奴からの情報だ。被害者の面《めん》も割れている」

そう言って、ジャケットの内ポケットから写真を取り出す。隠し撮りしたようなアングルだったが、顔を識別することはできた。たしかに、暴行されたスズの姿で間違いない。

「この写真も、子飼いからのものか？」

陣谷は下卑《げび》た笑みを浮かべる。

「そうだ。まぁ、今は面《つら》がぱっかりと割れているらしいから、人相は別人になっているかもしれないがな」

乾いた笑い声。

悪い冗談だなと明明は気分が悪くなった。同時に、殺意も湧く。

「お前たちはな、俺の子飼いに常に監視されているんだよ」

「そうか」

キエフに気にした様子はない。トウキョウマンションには、多くの人が出入りする。その中には警察に協力していると思われる人間も散見された。そういった不穏分子を摘発することも可能だったが、目障りでなければ好きにさせるというのがキエフの方針だった。単純に、きりがないし、ほどほどに情報を抜かせたほうが良い場合もあるということだった。

「その子飼いからの情報が本当だとして」

キエフは一拍置き、続ける。

「暴行を受けた女性を捜してどうする？」

「お前には関係ねぇことだ」

吐き捨てるように言いつつ、キエフの胸倉に手を伸ばした。その瞬間、迫る陣谷の手を払ったのは大歩だった。

「てめぇ！　なにすんだ！」

瞬間湯沸かし器。

目を怒らせた陣谷が見た目からは想像できないほどの俊敏な動作で、大歩の腹を殴った。僅かに顔を歪めた大歩は、陣谷に向かって手を上げる。刹那《せつな》。その間に割って入ったのは、是川だった。すでに是川も迎撃態勢に入っていた。

全員の動きが止まり、過熱した沈黙が流れる。

「止めるんだ」

なにが起こってもおかしくない状況下だったが、キエフのたった一言で、空間を支配していた熱が冷めていった。

「ここで揉《も》めても状況は改善されないだろう」

淡々とした口調で言ったキエフは、視線を動かす。その目は、陣谷の隣にいる是川を見つめていた。

「なにか武道をしていたのか」

「……空手を」

是川は吐き捨てるように答える。

キエフは、小さく頷いた。

「前は、捜査三課の刑事だったようだな。こんな男と一緒にトウキョウマンションを歩き回って粗探《あらさが》しするのは嫌だろう」

「おいおい、こんな男ってなんだよ」

陣谷が不満を口にして、痰《たん》を吐き出す。

「俺は職務に忠実な、模範的な警察官だぞ」

言っている本人が嘘《うそ》だということを自覚しているらしく、へらへらと笑っている。

陣谷はトウキョウマンションで薬物を仕入れ、外で売り捌いている。そのことは管理会社の人間なら誰でも知っていることだった。

陣谷自身、警察官の職務をこなす傍ら、トウキョウマンションで薬物売買という経済活動をしているのだ。非合法な金儲けであっても、殺人や、それに類する行為以外はここでは黙認されていた。トウキョウマンションの管理人であるキエフは、陣谷の動きを経済活動の範疇として認めているようだったし、本来は監視の目であるはずの警察官が汚染されるのは、トウキョウマンションにとっては歓迎すべきことだと言っていた。

明明は、キエフの横顔を盗み見る。

トウキョウマンションに関わる人間は、汚染されるか、もともと汚れきっているかのどちらかに分類される。ほぼ例外はないが、そこから漏れる人物もいた。

特異な存在の一人は、ここにいるキエフだった。私利私欲が蠢《うごめ》くトウキョウマンション内において、キエフは浮いていた。幽霊だと言っても差し支えないほど、捉えどころがなく、思考が読めない。無味無臭の、アンドロイドのような存在。特権ならいくらでもありそうなものなのに、私腹を肥やしているという話も聞いたことがない。

キエフがトウキョウマンションで管理人をしている理由。そして、トウキョウマンションに流れ着いた理由。キエフがここにいる目的。これらのことを明明は知っていた。だから、キエフに従っているのだ。

明明は、自分自身が辿ってきた道を振り返る。綺麗事を言っていては生き残ることのできない境遇だった。金もなく、学もなく、後ろ盾もない立場に生まれてしまったら、悪事を働いて人生を切り抜けるしかない。幸い、人を殺すことはなかったが、それは常に隣り合わせにあった選択肢の一つだった。

日本は平和だ。この国には、人の命の重さがある。少なくとも、命の重さを考える余地がある。人殺しがサービスとして提供されたり、国の治安維持という名目で行使されたりしていない土壌は、やはり平和と言わざるを得ない。

トウキョウマンションで仕事をしてからというもの、それなりの生活ができている。ただ、トウキョウマンションの管理は楽ではない。常に危険が隣り合わせなので、この仕事が割に合うかどうかは疑問だった。

トウキョウマンションの管理人という立場のキエフは、相変わらず是川を見つめている。是川は、気圧《けお》されている様子だった。蛇に睨まれた蛙《かえる》という言葉を全身で体現している。

やがて、キエフが口を開いた。

「捜査三課は窃盗犯とかを追う部署だろう。それがトウキョウマンション対策班か。なにか、問題を起こして飛ばされたのか？」

キエフの言葉を聞いた是川は、敵意を剝き出しにする。

「……志願しました」

「志願？　どうして？」

「ここみたいな害悪の巣窟《そうくつ》を葬るのが、警察の仕事ですから」

まったく迷いのない口調。

キエフの表情に変化はない。

「害悪か。否定はしない。しっかりと働くんだな」

その言葉が癪《しやく》に障ったのか、是川は顔を歪めた。陣谷はその肩に手を置く。

「こいつは正義感の強い奴だからな」

だらしない笑みを浮かべていた陣谷だったが、その目が急に鋭くなる。

「曲がりなりにも日本は法治国家だ。もう、勝手に私刑《リンチ》なんかさせねぇからな」

「そんな覚えはない」

キエフは起伏のない声で返答する。

「嘘吐くんじゃねぇよ。遺体すら見つからねぇ奴らが何人もいるじゃねぇか」

詰め寄る陣谷に対して、キエフは表情一つ崩さなかった。

「このマンションに出入りするような人間は、姿を消すことには長《た》けているからな。管理会社は人殺しはしない。するのは、追放だけだ」

「追放ねぇ……皮肉だな。そもそも、お前らがこの世界から追放されているんじゃねぇのか」

地面に唾を吐いた陣谷は、そぎ落としたようなキエフの頬を軽く叩く。

「ともかく、暴行された売春婦から話を聞きたいんだ。こっちだって仕事しているんだ。協力しろ」

「どうして話を聞く必要がある。ここでの犯罪は、この中だけで解決というのが基本方針だったはずだが」

「だから門前仲町《もんぜんなかちょう》で似た事件が――」

言いかけて止める。

「……お前には関係ねぇことだ。公務員にもいろいろとあるんだよ！」

陣谷は鼻梁に皺を寄せた。心底面倒そうな表情だった。

「見つけたら知らせる」

「……匿《かくま》っていると分かったら、機動隊を突入させてやるからな」

そう言い残した陣谷は、是川を連れて去っていった。

二人の姿が見えなくなったところで、キエフの視線が明明と大歩の中間に据えられる。

「不審な人物は見つかったか？」

大歩は唇を一文字に結んだまま首を横に振る。

明明が口を開く。

「見つけるもなにも、どんな奴を見つければいいのか。暴行しそうな奴なんて、ここにはごろごろいるけど」

キエフは、一拍ほどの間を置く。

「歩き回ってもらうこと自体が重要なんだ。警戒していることを知らしめることで、次の被害者を出しにくくする」

「そんなことをしたら、犯人は逃げるんじゃ」

「逃げればいい」キエフは単調な声を発する。

「管理会社は、トウキョウマンションの秩序を守ることが仕事だ。ここから脅威を排除できればいい」

「でも、それだと彼女の無念が晴れないのでは……」

明明は、暴行を受けた直後のスズの姿を思い出す。絶望に打ちひしがれた目。潰れた鼻や折れた歯。血だらけの身体。およそ、人間のすることではない。自分がスズの立場だったら、犯人に復讐《ふくしゅう》したいと強く願うだろう。

当の本人は行方不明になっていたが、きっと復讐を願っているはずだ。

キエフは、酷薄な瞳で明明を見る。

「あらゆることは、自分で乗り越えるしかない」

それがまるで別世界のしきたりであるかのように突き放した調子で言い、明明に背を向ける。

どうやら、電話の着信があったようだ。

折りたたみ式の携帯電話を耳に当て、すぐに振り返った。

「銅線泥棒が見つかった」

無感動な口調だった。

管理会社の事務所は、一階のロビーの南側にあった。そこには窓がなく、入り口も二重扉になっている。管理会社はトウキョウマンションの秩序を守るという性質上、住人や利用者と衝突することもあるし、恨みを買いやすい。そのため、事務所自体がパニックルームの役割を担っていた。

「おぉ、こっちだこっち」

アルコールで赤くなっている顔を向けながら、レッドネックが手を振っている。

事務所の奥には事務机が並んでおり、そこに男が一人座っていた。手足が異様に長いのに、胴体が丸い。蜘蛛《くも》のような体形の男だった。神経質そうに貧乏揺すりをしている。

「こいつが銅線泥棒」

レッドネックに頭を叩かれた男は、敵愾心のこもった目を周囲に向ける。

「……たかが銅線だろ」

「あんたが銅線を盗んだせいで、電灯が消えたり、防犯カメラが機能しなくなっているのよ」

明明が告げるが、男は不遜《ふそん》な態度を崩さなかった。

男の近くに置いてあるリュックサックからは、銅線の束が顔を覗かせていた。中身を確認する。ペンチやニッパーやナイフ。言い逃れはできない状況。リュックサックの小さなポケットも念のため確認すると、折りたたまれた紙が入っていた。

「なにこれ？」

開けてみると、紙には建物の平面図が書かれており、至る所に赤い点が打たれていた。明明は瞬きをする。しっかりと製図されたものではなく、確証はないものの、この平面図は――。

「どうして、銅線を盗んでいるんだ」

キエフの冷静な声が、男に降り注ぐ。

先ほどまで開き直っていた男の顔に動揺が広がり、キエフの目から逃れようとするかのように視線を落としてしまった。キエフに見つめられる居心地の悪さは、明明も重々承知していた。心の中に手を突っ込まれ、吟味されているような感覚に陥る。それは、強烈な違和感で、やましいことはないのに逃げ出したくなるときもあった。悪事を働いていないときもそうなので、後ろめたいことがあるなら尚更《なおさら》居心地が悪いだろう。

「私は、お前に時間を割いている暇はない。もう一度問う。どうして銅線を盗んでいる」

「……銅線を売って、金にしていたんだよ」

苦しそうに言った男の声は、僅かに震えている。その様子を見下ろしていたキエフの瞳は、寒気がするほど凍りついていた。

「そんな端金《はしたがね》のために？」

「……あんたらにとっては端金でも、俺にとっては――」

「我々が警戒し、建物内を巡回しているのを恐れずに、危険を冒《おか》してまで？」

男の言葉を遮ったキエフの指摘はもっともだった。危険を冒してまでトウキョウマンションから銅線を盗むメリットはない。本当に銅線が目的なら、もっと安全な場所がいくらでもあっただろう。

明明は、僅かに目を開く。

先ほどキエフは、管理会社の人間を巡回させるのは、新たな被害者を出さないためだと言っていたが、銅線泥棒がどのような動きをするかを確かめる目的もあったのだろうと明明は考える。

不思議だった。

どうしてキエフは、これほどまでに銅線泥棒に固執するのだろう。いったい、なにを考えているのか。

たしかに、銅線泥棒によってマンション内の防犯カメラや照明が消える被害はあった。しかし、総数から考えると微々たるものだ。

今は、スズに暴行を加えた犯人を捜すのが喫緊《きっきん》の課題ではないのか。

黙っていたキエフは、ゆっくりとレッドネックの方向を見る。

「この男を、部屋に」

そう告げ、先に歩き出す。

キエフが向かった先は、小さな個室だった。部屋と呼ばれている場所には、椅子が一脚置かれているだけで、キエフ以外は使用しない。

尋問するためだけに使う部屋。レッドネックは拷問《ごうもん》部屋と呼んでいる。ただ、拷問器具はない。

椅子が一脚置いてあるだけだ。キエフ自身も、毎回なにも持たずに入っていく。

男を部屋に連れて行ったレッドネックは、一人で戻ってくる。

「何分耐えられると思う？」

訊ねつつ、レッドネックは右手を広げる。

「俺は、五分」

五分で男がすべてを吐くということだ。

くしゃくしゃの一万円札を机に放ったレッドネックは、明明と大歩を見る。

「私は十分」

明明は同じく一万円を置く。

大歩は、指を三本立てた。三分。

時計を確認し、賭けが始まる。当たれば総取り。誰も当たらなければノーゲーム。

明明は、扉の閉じた部屋を見る。防音設備のない、普通の部屋。悲鳴も、叫び声も聞こえない。

およそ、尋問が行なわれているとは思えないほどの静寂《せいじやく》。それなのに、部屋から出てくると、尋問された人間はすべてを吐いている。キエフは元ＫＧＢという噂があったが、なにか特殊な尋問方法でもあるのだろうか。

「どんな方法で吐かせているんだろうな」

レッドネックが興味深そうに部屋を見ながら言う。

「体験したいっておいしてくれれば？」

明明の言葉に、レッドネックは肩をすくめる。

「御免だね。でも、やっぱり、水責め尋問《ウォーターボーディング》ってのが定番だよな。死ぬと思う寸前まで水に顔を突っ込ませる。それで死を受け入れたところで引き上げて、その繰り返し。あとは我慢比べだが、耐えられる奴はいない。ほかにも、麻袋を被せて階段から落とすって方法もある。あの恐怖心は堪《たま》らないらしい」

「悪趣味」

明明が言うと、レッドネックは同感だというように頷く。

「なんにせよ時間がかかるし、あの部屋には拷問道具はない。どんな方法を使っているか分からないが、キエフの敵になるのは御免だね。そして、拷問も御免だ」

最後の言葉を吐いたレッドネックは、悲しそうな表情を一瞬見せ、それを紛らわすようにビールを飲む。

レッドネックはアフガンで戦ったアメリカ兵なのではないかという噂があった。そして、そこで精神的に参ってアメリカを捨て、ここに流れ着いた。

あくまで噂に過ぎないし、その事実を確かめるほどレッドネックに興味はなかったが、ありそうな話だ。

部屋の扉が開いた。

レッドネックが舌打ちする。ジャスト三分。大歩は無言でにやりと笑い、机の上に置いてある三万円をポケットにしまった。

「銅線泥棒の黒幕が分かった。そして、暴行犯も」

音もなく戻ってきたキエフが告げる。

部屋は、沈黙を維持している。男は出てこなかった。


二日後。

明明はトウキョウマンションの定期巡回をしていた。通常時は単独行動で巡回することになっている。手には警棒、腰にはケイバーナイフを差していた。自分が誰かの標的になっていると思い、常に警戒を怠るなというのがキエフの教えだった。

「おい」

声をかけられる。振り返ると、門仲警察署の陣谷の姿があった。いつもへらへらしているのに、今日は珍しく表情が険しい。

「今朝、東京湾に遺体が浮いていた」

「へぇ」

「へぇ、じゃねぇよ」陣谷が顔をしかめる。

「お前ら、また私刑《リンチ》をしたのか」

「私刑？　なに言ってんの？　私たちはトウキョウマンションの管理会社の人間で、ここを管理しているだけ。私刑なんてしてない」

事実を述べる。少なくとも、明明が知っている限りでは管理会社の人間は人を殺さない。

明明を凝視したまま、口を歪めた。

「……このマンションに殺し屋がいるって噂だ。そいつの仕業か？」

「殺し屋？」

「鬼と呼ばれているらしい」

「鬼、ねぇ……」

鬼について、管理会社は把握していたが、危険人物と見なしてはいなかった。明明自身、殺しを稼業にしているという噂の真偽《しんぎ》は分からなかったが、追い出されないということは、トウキョウマンションにいても害はないということなのだろう。

「いつか、きっちり落とし前をつけさせるからな」

「落とし前……ヤクザみたいな言い方」

明明は片頬を上げて笑う。

陣谷は舌打ちをする。

「お前と話していても意味ねぇな。キエフはどこにいる？」

「さぁ、私には分からない」

キエフがどこにいるのかを知っている人間はいない。いつの間にか消え、いつの間にか現れる幽霊のような存在。

「くそっ……どうして、是川が東京湾に浮いているんだよ！」

怒りの矛先《ほこさき》をどこに向けていいのか分からないのか、陣谷は壁を蹴りつけていた。

明明は、覚《さと》られないように小さくため息を吐いた。

トウキョウマンション対策班に配属された是川の遺体が発見されたという知らせは、すでに明明の耳にも入っていた。誰がやったのかは分からない。ただ、東京湾に浮かぶことになった原因は知っている。

二日前。

銅線泥棒の話によると、トウキョウマンションの銅線を相場の十倍以上で買い取る人物がいて、そのためにリスクを承知で銅線を盗んでいたという。そして、どこの銅線を盗むべきかの指示ももらっていたらしい。その際に用いられたのは、簡単なトウキョウマンションの平面図が描かれた紙だった。

キエフは、銅線の盗み方に偏《かたよ》りがあり、監視の目が届かない空白が作られているのではないかと考えたらしい。案の定、その推測は当たっていた。

電灯の明かりを消して移動しやすくした上で犯行現場を作り、防犯カメラを無力化して監視の目をくぐり抜けていたのだ。

陣谷たちが追っている門前仲町で発生した暴行事件について、キエフは事前に確認を取っていた。陣谷がトウキョウマンションに協力者を作っていることと同様に、キエフも警察に内通者がいるので、情報は容易に手に入るようだった。

そして銅線泥棒は、銅線を買い取るという男の素性を知らなかったものの、キエフには是川だという確信があったようだ。もともと捜査三課だった是川は、銅線泥棒を逮捕した過去があり、門前仲町で発生した事件でも応援で捜査に当たっていたらしい。

門前仲町で発生した事件を起こしたのが是川かどうかは不明だったが、生前、事件の被害者の姿を見て模倣したくなったということを是川はあの部屋で告白していた。

手段ではなく、暴力自体が目的の暴力。暴力のための暴力。

是川は、トウキョウマンションで犯行に及んだ後も、銅線泥棒に指示を出し続けていた。つまり、トウキョウマンションを引き続き狩り場にするつもりだったのだ。だからこそ、治安維持のために是川を処置したのかもしれないが、それにキエフが関わっているという証拠はなかった。

キエフが殺したのか。

それとも、トウキョウマンションに住んでいる鬼と呼ばれる殺し屋が関与しているのか。

単純に、運が悪くて、偶然時期が重なっただけか。天網恢恢疎《てんもうかいかいそ》にして漏らさずというのは、意外と真理だなと明明は思っていた。

巡回を再開する。

そして、ふと思う。

売春婦のスズは、どこへ消えたのだろうか。

3

リョウタが鬼に会いに行ってから、十日ほどが過ぎた。

その間も、ヨウとセンに殴られる日々をなんとか耐えていた。しかし、もう限界だった。

腕についた青あざを手で擦《こす》ったリョウタは、鬼と呼ばれる男が住む部屋に来ていた。リビングには必要最低限の家具しかなく、生活感が一切感じられない。

「お願いです。あの二人を殺してください」

泣きながら、リョウタは鬼に訴える。

しかし、鬼は首を縦に振らなかったし、一万円も受け取っていなかった。

「私に頼んでも無駄だ」

鬼は迷惑そうな顔で答える。

「でも……」

リョウタは唇を噛《か》んだ。限界だった。もうこれ以上は耐えられない。

「お金が足りないなら、なんでもします！　働きますから！」

必死に頼み込む。

苦いものを口に含んだような顔をした鬼が言葉を発しようとしたとき、部屋の陰から一人の男が現れた。最初、リョウタは幽霊かと思った。しかし、その男はたしかに人間で、そこに間違いなく存在していた。それでも、次の瞬間には消えてしまいそうな不確かさがあった。

真っ白い肌に、ブルーの瞳。贅肉《ぜいにく》は一切なく、かろうじて人であることを保っているような亡霊。

ただ、よく見ると、何度か見たことのある顔だった。

たしか、名前は――。

「済んだのか？」

鬼の言葉に、男は頷く。

「問題なく」

言いつつ、男は白いシャツを脱いだ。無駄な肉がそがれた身体。顔と同じく、骨灰磁器《ボーンチャイナ》のような白い肌。

「問題なく処理したのに、手傷を？」

鬼は、口元を歪める。

「老いには勝てないな。私は老いに迎合して、行動規範を変えたよ。今の商いのほうが、前の仕事よりも安全だ」

「前の仕事は、トウキョウマンションでは規則違反だ」

「……まぁな。若気《わかげ》の至りだ」

鬼は呟き、男の治療を始める。

インターホンが鳴った。鬼は動かず、男の治療を続けている。

やがて、女が現れた。顔に包帯を巻いているが、リョウタは、前にこのリビングで出会った女だと分かった。

「経過はどうだ？」

鬼が問うと、女は包帯を取る。

やや腫れてはいるが、綺麗な顔が現れた。

最初に見たときとは別の顔になっていた。

「だいぶ、いい感じ」

女が告げると、鬼は女を一瞥する。

「別人になったな」

「たしかに、別人みたい。せっかくだから、別の人生を歩んでみることにする。前の自分は死んだの。もう、前の人生には懲り懲り」

「そうするといい」

鬼は微かな笑みを浮かべて言った。

その会話を聞いたリョウタは、ようやく気付く。

――お願いです。殺してください。

前に女が発した言葉を思い出す。

あれは、私を殺してくださいということを訴えていたのだ。そして鬼は希望どおりに女を殺し、新しい女が現れた。

鬼は殺し屋ではないのに、整形手術を施すことによって、女を殺すことができた。そして、生まれ変わらせた。

命を奪わない殺し屋。

つまり、リョウタは、鬼に無駄な頼み事をしていたということだ。

そのことに気付き、肩を落としたリョウタは視線を下に向けて、大きなため息を吐いた。

「苛める奴を殺してくれと頼んできたというのは、お前か」

声をかけられ、顔を上げる。

治療を受けている男が、リョウタを見ていた。

射抜くような視線に恐怖心を抱き、リョウタは身体を震わせながら頷く。

すると男は、少しだけ目を細めた。

「手段としての暴力ではなく、暴力を振るいたいから暴力を行使する相手がいたとする。その相手を排除するために必要なのは、たった一つ。そいつの暴力を圧倒するほどの暴力だ。それ以外に、解決する方法はない。人間は善ではない。そして、法の支配に縛られて大人しくしているほど弱くもない」

そう言った男は、スラックスのポケットからなにかを取り出し、投げる。

リョウタはなんとかそれを落とさずに受け取った。

「小さいが、伸縮式の警棒だ」男は淡々と言う。

「これを相手の鼻に叩き込めばいい。今まで受けた不当な仕打ちを思い出し、怒れ。その怒りを力に変えて、暴力に対抗するんだ。お前が行なうのは暴力ではない。抵抗だ。それを否定する奴は、安全な場所でのうのうと生きている馬鹿だ。お前は違う。ガンジーでもキング牧師でもなく、マルコムXになってみろ。この世の中には、話の通じない奴が大勢いる。話が通じるなら、戦争は起きない」

男は少しだけ強い口調で言い終わると、興味を失ったかのように視線を外した。

リョウタは、手に握られている警棒を見る。

抵抗したいと思ったことはあった。しかし、そんなことをしても無駄だと端《はな》から諦めていた。

しかし、今、この手の中に武器がある。

これをヨウとセンの鼻に振り下ろす。いや、振り下ろすつもりで抵抗するだけでも良いかもしれない。

暴力に対抗するための、暴力。

「……ありがとう、ございます」

「生き抜くには、自分が強くなれ。弱いなら、怒りを原動力にしろ。怒りを上手く使って、力にして、自分で解決しろ。怒りが人生を切り開くんだ。自分で乗り越えるしかない」

男が呟く。それは、自分自身に語りかけている真言《マントラ》のようだった。

鬼が、口元に笑みを浮かべる。

「さすが、過去に鬼と呼ばれていただけある。前から思っていたが、お前をここの管理人にしておくだけではもったいない」

鬼が発した言葉は、リョウタに警棒を渡してきた男に向けられていた。

「鬼と呼ばれているのはお前だろう」

男はつまらなそうな声で応じる。

「誤解によって、今はな。でも、鬼はお前だ」

どういうことだ。
鬼と呼ばれている医者は鬼ではなく、この男のほうだったということか。
つまり、鬼が殺し屋というのは——。
そこまで考えたリョウタは、急に怖くなって足がすくんだ。

第三章

抗争

1

仕事道具の入ったリュックサックを床に置く。鉛加工が施してあるため、鈍い金属音が響いた。このリュックは以前、銀行強盗をしようと考えていた奴らがこのマンションに捨てていったものだ。追跡装置を無効にするための鉛加工だが、ＧＰＳ追跡装置を札束に仕込んでいる日本の銀行はないと判断したのか、結局使わなかったようだ。そして、銃器だけで銀行強盗を決行し、追跡装置やダイパック——札束に仕込むタイプの追跡用染料を含んだラジコン式焼夷弾《しょういだん》——の心配をする前に逮捕されていた。間抜けな強盗の置き土産《みやげ》。

リュックサックの金属音に数人が視線を向けてきたが、ブラウンは気にせず作業に入った。

二十一時から、マンションの共用エリアの照明は四分の一以下に絞られる。そして、そこから生まれた暗闇を利用して、クスリの売人たちが蠢き始める。ケタミン、コカイン、ヒロポン、ＬＳＤ、ＧＨＢ、バスソルト、スパイス、ラッシュ、大麻、ヤーバーなどは定番商品で、中抜きが少ないから、ほかのエリアで買うよりも安く手に入る。

鉛加工したリュックサックを開く。ハンマーや金属ヘラ、懐中電灯といったスタンダードな道具を取り出し、建物に致命的な損傷がないかを確認していく。

一九八〇年に建てられたマンションは、見た目ほど悪い建物ではない。豊洲駅から十五分以上歩いた場所にあり、構造欠陥などの建築偽装が発見され、得体の知れない人間が多く入居しているマンションだったが、その雰囲気を含め、この場所に愛着が湧いている。

この建物の修繕担当として働き始めて、すでに二年が経つ。

建物は通常、建築基準法や消防法といったものをクリアした上で維持管理するのだが、トウキョウマンションは法的な束縛を受けない。ここに住む住人も、法律というものを無視して生きている。法の執行官である警察がこの場所を避けるくらいだ。法律が入り込む隙はなく、あるのは、管理会社が決めた規則だけだというのがここの通説だった。

マンションは最小限の修繕しかしていないため、見た目は悪い。当然、治安も最悪だった。

誰かが香港の九龍にある重慶大厦を模してトウキョウマンションと呼び、今ではそれが定着していた。あそこほど雑多ではないが、いい線を行っているとブラウンは思う。

マンションに欠陥が発見されて以降、どんどん怪しく得体の知れない人間が流入し、日本人の住人が逃げるようにしていなくなった。投資用に購入した部屋は売れ残って資産価値も暴落し、投げ売り状態になった。今のような環境になるまで、それほど時間はかからなかったらしい。

評判も治安も地に落ちた結果、竣工当初の管理会社は逃げ出し、今は中国系の会社になっている。ブラウンも、そこに所属していることになっている。最初、キエフからは傭兵《ようへい》にならないかと誘われたが、蓋《ふた》を開けてみたらマンション管理をさせられていた。面食らったものの、実際に働いてみたら当たらずとも遠からず。危険度は傭兵とあまり変わらないし、待遇は悪くないので納得している。

悪名高いトウキョウマンションは危険で雑多で猥雑《わいざつ》なエリアだったが、ブラウンはそこが気に入っていた。

懐中電灯を使って水道配管の確認をする。水漏れが酷い場所を発見すると、懐中電灯を口に咥《くわ》えた状態で、アーロンテープを使って補修した。

壁のひび割れや、各所の劣化部分は無視する。この建物を維持する上で支障のない箇所は放置するのが会社の方針だ。

懐中電灯の明かりが、舞い上がった埃を捉えて輝かせる。

暗いので視界は狭まるが、夜の作業が好きだった。人混みは苦手だ。特に児童養護施設の子供が走り回っている昼間は避けていた。

子供がいる人生なんて考えられない。一緒にいるなんて拷問以外のなにものでもない。進んで拷問を受けようとする人間がこの世に存在しているのが信じられなかった。

ブラウンは、ゆっくりと息を吐く。

夜は人がいなくて静かだったが、まったくいないわけではない。昼にはいなかった人間たちが動き出す時間だった。クスリの売人が各所に立ち、それを買いにくる人もいる。客引きや管理売春もある。ただ、大騒ぎする人はいない。夜の人々は、ひっそりと闇に紛れて活動している。

配管の点検を終えたとき、視界の端に人影を捉えた。

派手な赤いアロハシャツを着た春鈴《シュンリン》だった。トレードマークである真っ赤な口紅と同じ色で、まるで血をまとっているようだ。実際、生き血を啜って生きているような女なので、お似合いだった。中国マフィアの剣頭のトップ。人の苦しむ顔を見るのが生きがいだと聞いたことがある。

沈魚落雁閉月羞花《ちんぎょらくがんへいげつしゅうか》と言われた女。中国四大美人に数えられる西施《せいし》、王昭君《おうしょうくん》、貂蟬《ちょうせん》、楊貴妃《ようきひ》。彼女たちの美貌について、西施が川で洗濯をすれば魚は沈み隠れてしまい、王昭君が旅をすると天空の雁は羽ばたきを忘れ地に落ちてしまう。貂蟬が夜を迎えて物思いに耽《ふけ》れば月は雲裏《くもうら》に逃れ、楊貴妃が宮庭を歩けば花は恥じらい萎《しぼ》むほどだと言われている。

麗人を表すもので、春鈴を評する言葉でもあるが、あの色香に惑わされて、何人の男が地獄を見たのだろうか。

春鈴の周りに、数人の男がいる。その中に、意外な人物がいた。

剛条会のトップである北虎《きたとら》だ。夜なのに、相変わらずサングラスをかけている。日本の広域暴力団から距離を置き、独自路線を歩む剛条会は特定危険指定暴力団に指定されていた。

剣頭と剛条会は、トウキョウマンションを拠点としており、住民から構成される管理組合の二大巨頭として、トウキョウマンションの運営方針にも口を出すことのできる存在だった。

マンション内で二つの組織が良好な関係を築いているとは言い難い。抗争に発展するような衝突もあるが、そういったことは秩序を乱す行為に該当する恐れがあり、管理人が許さないと彼らは知っている。ゆえに、両組織はぎりぎりで均衡を保っており、殺人といった荒事は起きていなかった——少なくとも、ブラウンがここの修繕担当になって以降は。

春鈴と北虎たちは、エレベーターに乗り込んで姿を消す。

鬚《あごひげ》を手で擦《さす》ったブラウンは、それとなくエレベーターの表示灯を確認する。二十二階で止まった。トウキョウマンションの三階から五十階には、住居と安宿がある。二十二階には、剛条会の事務所があったはずだ。

ブラウンは屈伸をしてからリュックサックに道具を入れ、今日の分の業務を終えた。

トウキョウマンションの一階と二階には、主にアジア系の住民が経営する飲食店が並んでいた。昼間は活況でさまざまな言語が聞こえてくるが、この時間帯は静まり返り、ほとんどの店舗はシャッターが下ろされている。

真夜中に開いている飲食店はほとんどない。その中で、誘蛾灯《ゆうがとう》のような役割を担っている〝ケーララの赤い雨〟に入ることにした。

「あ、いらっしゃい！」

店長のパテルが大声を出す。真夜中に相応《ふさわ》しくない声量。いつもこの調子だった。おそらく、体内のミキシングコンソールが故障しているのだろう。

「今日もカレーライスね」

一方的に注文を決めたパテルは大声を発する。

すると、厨房《ちゅうぼう》からグプタが顔を出した。パテルと瓜二《うりふた》つの容姿。

「カレーライスね！」

そう言って再び厨房に姿を消した。

料理が出てくる間、パテルは椅子に座り、店内にある解像度の低いテレビで映画を観《み》ていた。唐突に踊り始めるインド映画だった。派手な音楽に合わせて、派手に踊っている。

やがて、グプタが料理を運んでくる。

「千二百円ね」

「……カレーライスは千円じゃなかったのか？」

眉間に皺を寄せたブラウンが訊ねる。

「値上げよ値上げ。最近物価が高くなっているから。その煽《あお》りをバーって」

大袈裟《おおげさ》に両手を大きく広げ、悲しそうな顔を浮かべる。

ここで押し問答をしても仕方ないと思ったブラウンは、財布を取り出す。千円札と五百円玉しかなかった。

舌打ちをして、千五百円を支払う。

「あぁ、釣りはないからこれで」

そう言ったグプタは、ポケットから一口サイズのチョコレートを取り出し、テーブルに置く。

「……小銭は、いつもないのか？」

ブラウンはここのカレーが好きで通っているが、まともに釣り銭が戻ってきたことはなかった。

小銭がないと言われ、代わりに飴《あめ》かチョコを渡される。

「小銭がない。そういうときもあるね。雨の日と晴れの日があるように、小銭のない日とある日がある」

「この店はいつも雨ってことか」

「いつも晴れってことだよ」

グプタは満面の笑みを浮かべた。

ブラウンは、出されたカレーライスを食べながら、パテルと一緒にインド映画を観る。銃撃戦や肉弾戦《にくだん》、空中戦など、なかなか観応えがある。

映画が終盤にさしかかったとき、店内の照明が落ちた。

停電だ。唐突に発現した暗闇に、視界がブラックアウトする。

「あ！　良いところだったのに！」

パテルの叫ぶような声が聞こえてくるが、姿は見えない。

闇に目が慣れてきたところで復電する。

「あ！」

立ち上がっているパテルがテレビを揺する。画面が映らなくなっていた。

「壊れたのか？」

「もともと壊れていた！」パテルは憤慨しながら答える。

「だから電源は点けっぱなし！　切ったら駄目だった！　毎日試してたまたま点いたから五年も点けっぱなしだった！」

この世の終わりとでも言うようにパテルは頽《くずお》れる。

「金は貯めてるだろ。買い直せ」

ブラウンは言う。

〝ケーララの赤い雨〟は、常連客以外には高額請求をする。常連客にも多少吹っかけるが、夜中にやっている店は少なく、店の雰囲気も好きだったので重宝していた。

カレーライスを食べ終えたところで、山盛りのサラダが出てくる。そして、ラッシー。最後にナンの登場。順番がめちゃくちゃだ。

ナンを頬張っていると、店内に奄美《あまみ》が入ってきた。いつものようにポニーテールを揺らしている。まだ若く、年齢は二十三だと聞いた。

「いらっしゃい！　スープカレーね！」

パテルが声を張る。

その声量に身体を強張《こわば》らせた奄美は、背中を丸めながら壁際のテーブルに座った。目が合うと、奄美は会釈をしてきた。

「珍しいな」

ブラウンは言いながら、姿を確認する。黒いツナギで小柄な身体を包んでいる。道具箱を持っているということは、仕事なのだろう。

「さっきの停電の対応か？」

頷く。仕事前の腹ごしらえということか。

奄美は、ブラウンと同じくトウキョウマンションの管理会社に雇われ、管理人の指示で動いている。ブラウンは建物の修理を担い、奄美は通信機器やシステムといったものの維持管理をしていた。そして二人ともトウキョウマンションに住んでいる。そもそも、管理会社の人間のほとんどがここに居を構えていた。

「停電は、このマンションだけなのか？」

ブラウンの問いに、奄美は肩をすくめる。

「電力会社のホームページには停電情報がなかったので、おそらくこのマンションだけの現象です」

「たしか、このマンションには自家発電機があったよな？　それは稼働しなかったのか？」

「自家発電機は三年前から停止しています。耐用年数を超えていますし、部品交換もしていませんから動きません」

起伏のない口調で言った奄美は、グプタが運んできたスープカレーを口に流し込んだ。

「自家発電機は、高級品だからな」

呟き、ストローでラッシーを吸う。

トウキョウマンションは通称であり、もともとは大層なマンション名が付けられていたが、今はその銘板も取り外されている。当初は高級タワーマンションという位置付けで、それなりに設備も整っていたらしい。ただ、修繕積立金が集まらなくなってからの凋落《ちょうらく》ぶりは早かったと聞いている。見た目にこだわる住人たちの意向に沿って、当時は見栄《みば》えだけは維持していたものの、それも長くは続かず、管理会社が逃げ出し、住人が去り、怪しい人間が流入して今の形になった。

現在も、入居者からは家賃のほかに積立金を徴収しているが、その金はほとんど修繕費用にまで回ってこなかった。さまざまな事情から長期の入居者も減り続けており、改善策を講じている最中だと聞いている。財宝があるので金銭的な問題はそれほど大きくはなさそうだったが、住民が減り、トウキョウマンションがマンションの体を成さないのは好ましくないらしく、キエフはそれを危惧《きぐ》しているという噂だった。

ブラウンは、それとなく奄美の様子を見る。

日焼けした肌。奄美はその名のとおり、鹿児島県出身だということだった。本名かもしれないが、おそらく通称だろう。

ブラウン自身、偽名だった。最後に本名を名乗ったのはいつだろうと考え、すぐに止める。遥《はる》か昔のことだ。ドイツを抜け出した理由はない。なんとなくだ。別にドイツという国に辟易したわけではない。そして、日本に期待して来たわけでもない。なんとなくだった。

「奄美は、いいところか？」

ブラウンが問うと、奄美は首を傾げる。

「普通です。ドイツはどうですか？」

「普通だな」

それきり、会話が途切れる。

管理会社の同僚同士の交流は、ほぼ皆無だった。皆、自分のことを率先して話そうとはしない。管理会社に所属し、金をもらい、トウキョウマンションに住んでいる。ただ、それだけだった。

奄美についても、受け持っている仕事以外の知識はほとんどなかった。

ふと、ブラウンは祖国のドイツにいた頃の友人のことを思い出した。奄美と同じシステム業だった友人は、昼も夜も通信障害の対応をすることに飽きたと言い、翌日に自殺した。一緒に食事をし、別れの挨拶をして、そのままあっさりと死んだ。

ブラウンもここに飽きたら、なんとなく、死んでもいいと思っていた。三十年も生きれば十分だ。人間は長く生きすぎている。

「もう！　八年間停電がなかったよ！　どうして停電なんて！」

テレビを叩きながらパテルが言う。そして、恨めしそうに奄美を見たが、その視線に気付いていないのか、奄美は黙々とスープカレーを啜っていた。

2

トウキョウマンションを管理するメンバーが集まるのは、二週間に一度。日本の官僚と在日米軍が集まる日米合同委員会の開催日と同じ日に設定されていた。

管理会社の事務所は一階ロビーの南側にあった。外敵からの侵入を阻止できるよう、窓はなく、鉄製の扉も二重になっていた。ドイツのシュトゥットガルトの換金所《キャッシャー》よりも格段に防御力が高い。事務所自体が避難部屋《パニックルーム》になっていた。最初はそれを異様に思ったが、防御壁に複数の弾痕があることに気付いて以降、妥当な設備だという認識に改めた。

日本で銃撃戦など、悪い冗談だ。ブラウンがここに来て二年。運良くそういった事件は起きていない。

ブラウンは欠伸《あくび》をした。そろそろ十三時になる。

昨晩、〝ケーララの赤い雨〟を出てから、自室で食後の筋力トレーニングをした。そして、就寝したのが午前四時くらい。じっくり寝ようと思っていたが、養護施設の真上の部屋なので、八時頃に騒音で起こされた。十分な睡眠とは言えない。子供は五月蠅い。きっと、音という拷問で大人をいたぶるのが仕事なのだろう。

殺風景な会議室の椅子に座っているブラウンは、もう一度欠伸をしてから同僚を見る。

明明と大歩は中国系で、マンション内のトラブル対処要員だ。拳銃の所持はしていないが、それ以外のものなら大抵は持っているらしい。そして、トウキョウマンションの治安維持部隊はもう一人いる。白人の男だ。アメリカ出身で、レッドネックと呼ばれている。自らを白人貧困層《レッドネック》と言い、それが呼称として定着した。明明や大歩と同じくトラブル対処要員だったが、いつもフラフラしている印象だった。

奄美の姿もある。目を閉じ、座りながら眠っているようだ。

会議室の扉が開く。男が入ってきた。

ブラウンは、寒気に身体を震わせる。冷房のせいではない。この男自体が発する冷気のようなものが空間に侵入したためだ。

何度会っても、この感覚になる。

トウキョウマンションの管理人であるキエフ。肌は、血の存在を感じさせないほどに白い。亡霊という言葉がピタリと当てはまる。青い瞳は、凍りついているように冷たい印象だった。

キエフという名前は、ウクライナの首都から取られたものらしい。もともとはソビエト連邦のKGBだったという話を聞いた。ただ、これも噂の域を出ない。正体不明の男。

トウキョウマンションは、警察をかわすために犯罪者が逃げ込むような場所だった。しかし、その犯罪者が入ることを躊躇するほど治安が悪い。このマンション内では殺人は禁止されているが、それはマンション運営に支障をきたすというだけで、法律や倫理に反するという理由ではないらしい。警察も、このマンションの存在を憂えているが、手出しするのを躊躇するほど御《ぎょ》しがたい場所。

そんなトウキョウマンションを維持管理できるのはキエフだけだろう。むしろ、キエフがいなければ、ここは完全な無法地帯になり、自壊するのは明白だった。

キエフと目が合ったブラウンは、不自然にならない程度に視線を逸らす。そして、いつになっても慣れないなと苦笑する。

目が合うと、心臓を鷲《わし》づかみにされたような気分になった。寿命が縮むような気がする。

キエフが着席し、定例会が始まる。最初は奄美の報告だった。

「昨晩発生した停電について調べましたが、原因は不明です」

キエフはコメントを挟まず、続きを促す。

「電気系統に異常もありませんでした。また、周辺での停電も確認できていません。停電の時間が短かったことと、真夜中だったことから、これといった問題は発生していませんが、設備の老朽化による漏電も考えられますので、一度調査したいと思います」

「調査期間は？」

「私一人では難しいので、管理会社から応援を三名。計四名で一週間というところです」

キエフは、僅かに顎《あご》を引いた。

「今回の停電が、人為的に起こされた可能性は？」

「その可能性も含め、調査をします」

奄美の話はそこで終わり、次に、明明が口を開く。

「最近、正体不明の、よく分からない人間がマンション内をうろついています」

「今さらだな。このマンション、そんな奴らばっかりだろう」

レッドネックは笑いながら言う。アルコールの臭いを撒き散らしていた。酔っ払っているのが常で、素面《しらふ》でいるのを見たことがなかった。

たしかに、レッドネックの言うとおりだとブラウンは思う。

このマンションの三階から上は住居エリアだったが、そこを安宿に改造して客を呼び込んでいる業者も多い。見慣れた顔がある一方、正体不明の人間が常に入れ替わり立ち替わりやってくるような環境だった。

明明は、レッドネックを一瞥して続ける。

「特に実害があるわけではありません。彼らはなにをするでもなく、ただマンション内をうろついています」

「彼ら？」

キエフの言葉に、明明は頷く。

「不審者なら見慣れていますし、珍しいことではありません。ただ、正体不明の人物が複数いるようで、それぞれが連携を取り合っているような感じがします。上手く言えませんが、雰囲気が集団のようで……」

根拠がないからか、明明は語尾を萎ませた。

「防犯カメラの機能は回復しているのか？」

「はい。現在は復旧しています」

奄美が答える。

少し前に、銅線泥棒の事件が発生し、一部の防犯カメラが使用できなくなっていた。

「今、防犯カメラの録画映像を見て、彼らが本当に集団なのかどうかを確認しています」

この件に関して、キエフのコメントはなかった。

その後、ブラウンが建物の状態を共有し、定例会を終えた。


時刻は二十一時。

マンションは夜の顔になりつつある。

管理会社の事務所を出たブラウンは、マンション内を歩き回る。建物の異常を察知するため、ぶらぶらすることも仕事の一つだった。ただ、ブラウンが見ているのは建物の軀体《くたい》が中心で、人については意識していない。明明が言う不審人物についても、まったく気付かなかった。

明明の考えすぎという可能性もあるが、警戒するに越したことはない。

そう思いながら視線を移動させると、一人の子供と目が合った。

ブラウンは、思わず舌打ちをした。

小柄な少年が、笑みを浮かべて近づいてくる。

「あのさ、ちょっと直してほしいものがあるんだけど」

リョウタは言い、返事も待たずにワークパンツを手で引っ張ってくる。ブラウンは渋面《じゆうめん》を作った。

「……俺は仕事だ」

そう言って手を振り払おうとするが、リョウタの握力が強いのか、振りほどけなかった。これ以上やると、リョウタの身体を突き飛ばしそうだったので、諦める。そもそも、この場を逃れても、リョウタは家に押しかけてくるだろう。住居は割れている。

リョウタは少し前まで、同じ施設の子供に苛められていたようだ。殴られている場面に出くわしたこともある。ブラウンは、子供同士の喧嘩に口出しをするべきではないと思って静観していたが、リョウタはどうやら自力で切り抜けたようだ。今は傷もなく、快活な様子だった。

法の下、日本にいることが許されない子供たち。彼らが拠《よ》り所にするトウキョウマンション。そこを守るキエフ。ブラウンは子供が嫌いだが、キエフの方針に文句はない。

リョウタに無理やり連れられたブラウンは、二階の養護施設に入る。

蒸し暑い部屋の中に、十人ほどの子供がいた。皆、顔見知りで、順繰りに挨拶をしてくる。

「お前ら、朝から五月蠅いんだよ。俺は朝に寝るんだって何度言ったら分かるんだ」

ブラウンは言う。今朝、起こされたことを根に持っていた。

「朝？」

子供の一人が純真無垢《むく》に見える目を向けてくる。この目に騙されてはいけない。

「……お前たちの騒ぎが上まで響くんだよ。俺を拷問して楽しんでいるのか？」

「拷問？」

別の子供が首を傾げた。

絶対に意味を分かっていて知らないふりをしていると思ったが、ブラウンはなにも言わなかった。

「これ、水が漏れてるんだ」

リョウタの指差す方向には、古びた壁掛けエアコンがあった。水が滴《したた》り、床に水たまりができている。

ブラウンは窓を開ける。小さなバルコニーに室外機が置いてあった。目で、ドレンホースを確認する。

「なにやってるの？」

背後から声をかけられたブラウンは振り返る。そこには、たんまりと贅肉を身につけたレディィボスが立っていた。

「こいつが、エアコンに不具合があると」

リョウタを顎で指す。

レディボスは顔をしかめ、エアコンを見た後、ブラウンに視線を戻した。

「修理代は出せないからね」

憎らしそうに言い、ミンクのコートを揺らしながら奥の部屋に消えていった。

レディボスは、トウキョウマンションの児童養護施設の主《ぬし》だった。身寄りのない子供を育てているといえば聞こえがいいが、実際には子供たちをクスリの運び屋として働かせている。その金を自分の贅沢に使っているものの、親も分からない子供たちが生き抜いていける場所を提供しているのも事実だった。また、子供が希望すれば、棄児として日本国籍を取らせているらしい。善意なのか、体の良い厄介払いなのかは分からない。ともかく、トウキョウマンションは、レディボスの行為を黙認している。

「……お前ら、朝は静かにしろよ」

「はーい」

返事はいいが、どうせ人の話など聞いていないのだろう。窓の外に出る。水漏れの原因は排水だ。ドレンホースは波打ってもいないし、先端が上向きになってもいなかった。見た目に問題はない。ドレンホースを持ち上げ、振ってみる。中からゴキブリが何匹も出てきた。原因は、異物の詰まり。

部屋に戻り、窓を閉める。

「もう大丈夫だ。水は、しっかりと拭いておけよ」

リョウタは礼を言い、百円玉を渡そうとしてくるが、ブラウンは無視して施設を出た。柄にもないことをしたと苦々しく思っていると、不幸が向こう側からやってきた。

「よう。ブラウン」

門仲警察署の陣谷だった。茶色いスーツ姿の陣谷は猫背で、身体も細い。陣谷は、トウキョウマンションの対策班として、このマンションを専属で監視している。ただ、陣谷自身もクスリをくすねて、外で売り捌いて小銭を稼いでいるらしい。要するに、持ちつ持たれつの関係ということだ。

それでも、取り締まる側であることに変わりはない。また、門仲警察署長の業務には、トウキョウマンション浄化という課題がある。ただ、計画も実行もしていない。

「シケた面してんじゃねぇよ」

そう言った陣谷は、ブラウンの肩を押してから、軽く頭を叩く。明らかな挑発。

怒りのボルテージが心の容器の蓋を吹き飛ばしそうになったが、堪える。ここで反撃したら間違いなく逮捕される。

「……もともと、こんな面だ」

答えながら、陣谷のスーツの胸ポケットにあるボディカメラを見る。つい先日まで陣谷と一緒に行動していた門仲警察署の是川が、東京湾で遺体となって発見されていた。犯人の捜索は今も行なわれているが、容疑者は浮上していない。ただ、トウキョウマンションが関与しているのは間違いないと考えられていた。

是川が死んでから、トウキョウマンションに出入りする際は、ボディカメラを付けるようになったらしい。まるでアメリカの警察官だ。

視線に気付いたのか、陣谷はカメラを手で叩く。

「……これか？　俺も面倒だと思っているが、まぁ、自衛という意味では悪くない」

「でも、それだと、あんたの小銭稼ぎも難しくなるな」

「なに、方法はいろいろある」

そう言いながら、陣谷はボディカメラを弄《いじ》る。録画中を示す赤ランプが消えた。

「俺は機械に疎《うと》いんだ。うっかり停止ボタンを押すこともある。大切なことをするときに限って、よく間違ってボタンを押しちまうんだ」

にやりと笑った陣谷は、手を振って去っていった。

姿が消えるまで見送ったブラウンは、修繕箇所の確認業務に戻る。

二十三時。

貸与されている携帯電話にメールが届く。キエフから、管理会社メンバーへの一斉送信だった。

〈大歩が殺された。至急、事務所に戻れ〉

文字を目で追ったブラウンは、〝殺〟という漢字を凝視した。

3

事務所に行くと、すでにメンバーが集まっていた。ただ、大歩の姿はない。メールのとおりならば、いるほうがおかしい。

「大歩が殺された。今、死因を調べてもらっているが、他殺で間違いないということだ」

「死因は？」

明明が問う。目を赤く腫らしている。つい先ほどまで泣いていたのだろう。

「射殺だ。現場に、9×18㎜マカロフ弾の薬莢《やっきょう》が残っていた。使われた拳銃はマカロフの可能性が高い。今、検視をさせている」

キエフは起伏のない、淡々とした声で言う。検視をしているのは、トウキョウマンションの鬼だろうなとブラウンは思う。鬼と呼ばれる闇医者は、ここで不法滞在の住人の手術をしたり、死期まで看取《みと》ったりしていた。

ブラウンは、視線を一点に据える。

大歩は大男で格闘能力も高い。荒事を得意としていたが、拳銃を使われたのなら勝ち目はないだろう。

マンション内で発砲――ブラウンは不審に思う。サプレッサーを使っても、銃弾を発射する膨張ガスは消し去れない。サプレッサーは音を消すことが目的ではなく、撃った人間の鼓膜を守るためのものだ。

つまり、拳銃を使えばマンション内に音が響く。それなのに、ブラウンは銃声を聞いていない。

「今、奄美に防犯カメラの映像を確認させているが、大歩を殺した人間は映っていなかった」

キエフの言葉で、この場に奄美がいないことにブラウンは気付く。

「映っていないって、どういうことですか？」

明明が食い下がる。

「言葉どおりだ。大歩を殺した犯人は、防犯カメラに映っていなかった」

有無を言わせない声色《こわいろ》だった。

「ですが、ここには防犯カメラが……」

語尾が萎んでいたが、明明の言いたいことは分かる。

トウキョウマンションは性質上、防犯カメラを多数設置している。ただ、マンション内のすべてを網羅しているわけではない。それでも、大歩が殺された時刻と現場が分かれば、不審人物を特定することは可能だ。

「犯人らしき人物は映っていないんですか。もしくは、目撃者は？」

ブラウンが問う。

キエフは首を横に振った。

どういうことだ。防犯カメラに映らず、拳銃を発砲したのに目撃者もいない。定例会が終わったのが十四時。それにもかかわらず、二十二時までに大歩が殺されたという。この時間帯なら、人通りもそれなりに多いはずだ。

「明明が定例会で報告した正体不明の人物が関係しているかもしれない。引き続き、警戒してくれ」

冷静に告げる。

ブラウンは、違和感を覚える。

キエフは、部下の大歩が殺されたのに平静を保っている。悲しまないまでも、なにかしらの変化があってしかるべきだ。そう思いつつ、ブラウン自身、悲しみに囚《とら》われることはなかった。寡黙《かもく》な大歩との個人的な付き合いはないものの、仕事仲間だ。死んだら悲しむはずだ。ただ、その感情が浮かばない。実感が湧かないのだ。

「私はこれから、エルタワーに行くつもりだ」

キエフの唐突な発言に、皆の動きが止まる。

エルタワー。

トウキョウマンションと対を成すように建っている高層マンション。二つは同じ不動産開発業者が手掛けており、施工会社は違うが外観もほぼ同じ。そして、エルタワーも、トウキョウマンションと同じく建物の修繕が滞り、無法地帯と化している。両者は友好関係になく、六年前に小競《こぜ》り合《あ》いがあって以降は冷戦状態にあるという噂だった。

特に、エルタワーの住人は攻撃的な人間が多く、トウキョウマンションを憎んでいる。住人同士の諍《いさか》いも多い。

「どうして、エルタワーなんですか」

「確認したいことがあるからだ」

キエフは言い、ブラウンに同行を求める。

「……俺ですか？」

キエフが非戦闘員であるブラウンに声をかけたことに、周囲は驚いているようだった。

理由を付け加えることもなく立ち上がったキエフは、そのまま事務所を出ていってしまった。ブラウンは慌ててキエフを追った。

トウキョウマンション周辺の街灯は故障しているものが多く、全体的に暗かった。夜は暗いものだと、ここに住んでいると実感する。

ひまわりが咲いているエリアを抜け、一分ほど歩くと、エルタワーの敷地に入った。

近くで見ると、外観はトウキョウマンションとほぼ同じだった。自然と、擁壁《ようへき》などに亀裂や膨らみがないか、地盤沈下が起きていないかを確認してしまう。

エルタワーは、トウキョウマンションよりも海寄りに建っている。視界が闇で遮られているため、波が岸壁に当たるような音が不気味に耳に届いた。

「武器は持っているか？」

問われたブラウンは、首を横に振る。

それに対してキエフはなにも反応しなかった。

正面玄関からエルタワーに入る。周囲を観察する。内装も、外観と同じく傷みが激しい。これらに目がいってしまうのは職業病だなとブラウンは思う。トウキョウマンションと同じく、一階部分には店舗がひしめき合っている。上層階は住居になっているのだろうなと思いながら、吹き抜けの天井を見上げた。

それから床を見て、柱に視線を移す。

そのとき、キエフが立ち止まった。

屈強な体軀の男が五人立っていた。十個の目が、こちらを凝視している。

「トウキョウマンションのキエフだ。フェロはどこだ?」

ともすれば独《ひと》り言《ごと》のようにも聞こえてしまう声量。しかし、キエフの声は不思議と耳に入ってくる。声が、頭上から降ってくるような感覚。

サルヴァトーレ・フェロ。名前だけはブラウンも聞いたことがあった。エルタワーの管理人。

男たちは無言でキエフとブラウンのボディチェックを始める。

「おい、そんなところ触るなよ」

ブラウンは不平を漏らすが、内心では戦々恐々としていた。理由も聞かされずにキエフについてきて、敷地内に立ち入るなと言われているエルタワーに丸腰でいるのだ。しかも、明らかに武闘派の男たちが待ち構えていたということは、なにかが起きているということだ。

ボディチェックが終わり、五人の男に囲まれるようにして歩かされる。

エルタワーの管理会社も、一階の一画を事務所にしているようだった。トウキョウマンションと同じく、堅固な造りをしていた。

事務所の中に入る。そして、二つの頑丈な扉を抜けると、会議室のような部屋に至った。十人ほどが難なく入ることのできるスペース。鷲鼻《わしばな》の男が椅子に座っていた。手に葉巻を持ち、ストライプのスーツを着込んでいる。

サルヴァトーレ・フェロだ。フェロの顔には、ナイフで切りつけられたような無数の傷があった。顔立ちは整っているが、どこか不釣り合いな気がした。

「ようこそ」

笑みを浮かべる。皺と傷が重なり合い、顔に無数の線が入る。線で顔が潰れたように見えた。

エルタワーもトウキョウマンション同様、当初の管理会社が逃げ出して、代わりにインド人が出資している会社が管理を行なっている。サルヴァトーレ・フェロは、このマンションの管理人であり、治安を維持し、統括する立場にあった。

「はるばるトウキョウマンションから、いったいなんの用だ？」

フェロは葉巻を吸い、分厚い煙を吐き出す。空洞のような黒い瞳を向けられたブラウンは身震いした。初対面で、しかも話をしていないのにもかかわらず、即座に不快感を覚えるときが稀《まれ》にある。霊感などないが、この場から一刻も早く立ち去るべきだと、ブラウンの中のなにかが告げていた。

キエフは、テーブルの上になにかを放る。周囲にいる五人が色めき立つが、フェロがそれを手で制した。

「マカロフの薬莢だ」

「それで？」

足を組んだフェロが問う。

「マカロフは、ソビエト連邦によって作られた自動拳銃だ」

「知ってるよ」

「六年前、トウキョウマンションとエルタワーの抗争で使われたのも、マカロフだった。今日、管理会社の人間がこれで一人殺された」

「それがどうした？　俺には関係ない」

葉巻を一服したフェロは、片頰を上げて歯を見せる。

そのとき、携帯電話の着信音が部屋に響く。音は、キエフから聞こえてきていた。

「どうした？　取れよ」

フェロが足を組み替える。

キエフはフェロを凝視しながらスマートフォンを手に取り、短い会話を交わしてから切った。

「門限が過ぎているってママからの連絡か？」

せせら笑ったフェロに対し、キエフは冷たく言い放つ。

「管理会社の人間が、もう一人殺された」

感情のこもっていない、単調な声。

「だ、誰ですか」

ブラウンの問いに、言葉が返ってくる。

殺されたのは、レッドネックだった。またしても、治安維持要員の一人が殺された。

「また、マカロフが使われたのか？　縁起が良いな」

フェロの声には、嘲笑の色が交じっていた。

キエフはなにも答えず、ただフェロに視線を向けている。双方、無言で睨み合う。

「六年前の抗争時、停戦協定を結んだはずだ」

その問いに、フェロは苦笑を漏らす。

「協定っていうのは、双方が納得した状態のときに限り有効のものだ」

「つまり、納得できない状況になったと?」

フェロは忌々《いまいま》しそうに葉巻の火をもみ消した。

キエフは無言で踵を返す。

「俺は、まず相手の目を潰して、手足をもぎ取って、なにもできなくなって泣いて命乞いする奴を見るのが好きなんだ。そして、その姿を眺めた上で、すべてを奪う」

フェロは声高に告げる。

「覚えておく」

キエフは一言だけ呟き、歩き出す。ブラウンも後に続く。無事に生きたまま、外に出ることができた。

暗闇に支配された空を見上げる。月も星も見えなかった。淀んだ夜空は、どこかフェロの瞳の淀みに似ている。

ブラウンは何度か後ろを振り返ったが、誰も追ってはこなかった。

目の前を歩くキエフは、まるで亡霊のように音もなく歩いている。大歩に続き、レッドネックも殺された。異常事態が発生しているのは間違いない。

六年前、トウキョウマンションとエルタワーの間で小競り合いがあったという噂はブラウンも聞いたことがあった。ブラウンはそのときには日本にすらいなかったので詳細は分からないが、トウキョウマンションの管理会社の人間にも被害が及んだということだ。今回も、それと同じなのだろうか。

「エルタワーの印象は？」

唐突に問われたブラウンは、目を瞬かせる。

「トウキョウマンションより不気味というか……」

「どう不気味だったんだ？」

追及され、戸惑う。いったい、なにを聞かれているのかブラウンは分からないまま、つらつらと率直な感想を語った。

それに対し、キエフは特に反応を示さなかった。

トウキョウマンションに戻り、エントランスに入ったブラウンは不審に思う。いつもと変わらないように見える。しかし、明らかになにかが違った。刺すような雰囲気。

瞬間、異変が起こる。

建物全体の照明が消え、非常灯だけが点灯する。周囲から悲鳴が聞こえる。また、総合玄関のシャッターが閉まっていた。

「始まったな」

一言呟いたキエフは、特に焦る様子も見せずに、ゆっくりとした足取りで事務所に向かった。

ブラウンは後を追う。

事務所に入る寸前、視界の端に小さな影がよぎる。

あれはたしか――。人影を認識しつつ、ブラウンは事務所へと足を踏み入れた。

部屋の中には明明のほか、奄美もいた。

「状況は？」

「所属不明の武装集団が現れ、トウキョウマンションを制圧しようとしているようです」

驚愕《きょうがく》したブラウンは、息を呑む。

武装集団。明明が先日言っていた、トウキョウマンションに入り込んだ正体不明の人間のことだろうか。

防犯カメラの映像を映す複数のモニターは、すべてブラックアウトしていた。

「管理会社に連絡を取ろうと思いましたが、システムがダウンして使えません。スマートフォンも駄目です」

よく見ると、明明の手には拳銃が握られている。デザートイーグル。強力なマグナム実包《じつぽう》を使用する自動拳銃で、ＮＩＪ規格レベルⅡのボディアーマーを貫通する能力を持つものだ。

「スマートフォンが使えないのは、おそらく妨害電波によるものだと思います」口早に奄美が告げる。

「停電については、サイバー攻撃です。マルウェアによって意図しないコマンドが送信されていて、ブレーカー遮断が起こっています」

「対抗できるか？」

「今やっていますが、正直、一人では時間がかかります」

「外に出て、応援を頼んでくるか？　外なら、スマートフォンの電波も拾えると……」

ブラウンは最後まで言い終えないうちに、口を閉じる。ここに来る前に、総合玄関の電動シャッターが下りていた。

奄美は、キーボードを叩く指を一瞬だけ止める。

「今、トウキョウマンションのシステムは相手の管理下にあります。電波を妨害したということは、そうすることの効果があるからで、簡単に外に出られたら意味がないです。今は、物理的にも脱出が難しい状況だと考えるほうが妥当だと思います。相手は武装しています。待ち伏せもあるかもしれませんし、無闇に外に出るよりも、ここにいたほうが安全です。この事務所が、トウキョウマンションでは一番安全です」

そのとおりだと思ったものの、ブラウンの足は動いた。

「それでも、ちょっと、外の様子を見てくる」

その言葉に、明明は意外そうに目を見開く。

「なにかあるの？」

「いや……」

言葉を濁したブラウンに、明明は軽く肩を上げた。

「これ、貸してあげる」

どこから取り出したのか、明明の手にはワルサーP38が握られていた。

「……ドイツ人の俺に、ナチスの武装親衛隊が使っていたものを、わざわざ？」

「偶然」

拳銃を受け取ったブラウンは、中指を突き立ててから事務所を後にした。


ロビーを見渡す。

どこかで銃声が聞こえる。やはり、何者かがトウキョウマンションを制圧しようとしているのだ。

そして、このタイミング。攻めてきたのはエルタワーの奴らでほぼ間違いない。

――俺は、まず相手の目を潰して、手足をもぎ取って、なにもできなくなって泣いて命乞いする奴を見るのが好きなんだ。

フェロの言葉を思い出す。電波妨害と停電。目を奪ったのだろう。大歩とレッドネックが殺されているので、手足をもぎ取る行動もすでにしているということだ。

非常灯の明かりを頼りに目を凝《こ》らしていると、物陰で蹲《うずくま》っている少年を見つける。

「お前、ここでなにをしているんだ」

駆け寄って声をかけると、リョウタは怯えた顔を向けてきた。

「……仕事の帰りで……」

仕事――クスリの運び屋のことだろう。

常々、レディボスが子供を使って商売をしていることに反感を覚えていた。キエフにそのことを訴えたこともあるが、レディボスは子供に生き残るための強《したた》かさを教えているのだという。キエフの説明は詭弁だと思ったが、全否定はできなかった。

ブラウンは辟易する。

「行くぞ」

防御力の高い事務所に戻るのが得策。ブラウンは手を引っ張るが、リョウタは抵抗を見せる。

「いやだ。戻る」

「……戻る？　どこに？」

「家。みんな心細いと思うから」

児童養護施設ということか。

そのとき、近くで銃声が聞こえる。ブラウンは身を伏せつつ、リョウタの腕を掴む。

「事務所のほうが安全だ」

「嫌だっ！」

大声を出したリョウタは手を解こうとする。

ブラウンは悪態を吐きそうになったが、舌打ちに留めておく。先ほど事務所に入るとき、リョウタの姿が一瞬見えた。そのことが引っかかって、こうして安全地帯である事務所から出たのだ。

正義感からではない。夢見が悪いからだ。

迷っている暇はなかった。リョウタの声を聞いた敵が迫ってくるかもしれない。

無理やり連れて行こうとすれば、泣き喚《わめ》かれるだろう。

真剣な目を向けられたブラウンは、ため息を吐いた。ここで見捨てたら、きっと後悔する。

事務所とは反対方向に足を向ける。

「行くぞ。施設まで連れて行ってやる」

そう言うと、リョウタは一度頷いてから歩き出した。


養護施設は、トウキョウマンションの二階にある。

エレベーターで行くのは待ち伏せされる可能性があって危険だったので、非常階段を使うことにした。

普段使われていない非常階段の内装はボロボロで、ところどころ壁紙がベロンと剝がれていて異様だった。暗い、お化け屋敷のような雰囲気の中、足音を立てないように進む。拳銃を握る手が汗で滑る。ブラウンは道徳観念が薄いと自認していたものの、今まで人を殺したことはない。殺したいと思った奴は何人もいるが、実行に移すことはなかった。

今日が初めてかもしれないと思いつつ、殺人への心理的なハードルは低い。攻め込まれたから、追い返す。当然のことだ。

二階まで上り、無事に施設まで辿り着いた。入り口のガラス扉は閉まっていたが、鍵はかかっていなかった。バリケードも築かれていない。

嫌な予感がした。拳銃を構え、警戒しつつ中に入る。

念のためガラス扉の鍵をかけた。その横を、リョウタが通り抜けて走っていく。

慌てて後を追う。

リョウタに追いついたブラウンは、目の前の光景を見て安堵《あんど》する。

「無事か」

その言葉に、子供たちは頷いた。

「……全員いる」

リョウタは顔を綻《ほころ》ばせ、子供たちの輪の中に入っていった。全部で、十五人ほどいる。子供たちは皆、恐怖に戦いているようだった。

レディボスの姿はない。逃げたのだろうか。

周囲を見回す。構造的に養護施設の防御力は高くない。

今もなお、銃撃音が聞こえてきている。

十五人の子供を連れて一階の事務所に行くのは無謀だ。息を潜めて、やり過ごすのが得策だろう。

緊張状態の中で思考を巡らせていたブラウンは、頭の片隅で膨れ上がる疑問に口を歪めた。

——どうして、自分はここにいるのだろう。

リョウタを見かけたとき、見殺しにするのが後ろめたいという気持ちは間違いなくあった。ただ、それは自分の命を張るほどかと問われれば、首を傾げざるを得ない。

五月蠅いだけのガキの存在が、もっとも安全な管理会社の事務所から出てきた理由にはならない。

命を擲《なげう》つ動機。

おそらく、そろそろ人生の節目だという意識が働いているのだろう。この世に未練はなかった。しかし、積極的な死を望んでいるわけではない。

考えるのをやめる。今は、この状況を打開することに専念する。

ブラウンは立ち上がった。このまま潜伏するにしても、施設の出入り口のシャッターは閉めておくべきだ。そう思った刹那、ガラスが割れる音が響き渡る。音の方向から、施設の正面玄関のガラス扉が破られたのが分かる。

子供たちの盾になる位置に移動したブラウンは、拳銃を両手で握る。

銃声の間隔から、自動小銃が使われているのは間違いない。対抗手段がワルサーP38だけでは心許《こころもと》ないが、これでなんとかするしかない。

足音は複数。存在を隠すつもりはないらしく、ドタドタと音を立てている。

これから、人を殺す。なんてことはないと思っていたのに、目元が痙攣《けいれん》し、発汗も酷かった。

そういえば、人に殺されるかもしれないというストレスよりも、人を殺すストレスのほうが高いという話を聞いたことがある。呼吸が浅くなる。

拳銃のグリップを強く握る。

ガラス扉を破壊して侵入してきたのだから、敵だと判断していい。姿を現したら撃つべきだろうが、仲間の可能性もゼロではないという躊躇もあった。

一瞬の判断保留。

その隙に、フェイスカバーを着けた男が姿を現した。三人。

銃口が向けられる。小さいはずの銃口が、自分を呑み込むほどの大きな洞《うろ》に見えた。

死を呼び込む銃声が響き渡る。ただ、倒れたのはフェイスカバーを着けた三人の男たちで、ブラウンの身体は無傷だった。

誰が、なにをしたのか。

「なにしているんだい」

大きな身体をしたレディボスが声をかけてくる。どこから現れたのか。施設のオーナーであり、子供たちを運び屋として使っている女。老婆なのは間違いないが、厚く塗られた化粧のせいで、人間というカテゴリーから逸脱していた。

宝石などの装飾品を全身にちりばめたレディボスの視線が、ブラウンを捉える。

「子供たちと一緒に隠れているなんて、情けないねぇ」

心の底から蔑《さげす》んだような口調だった。

レディボスが手に持っているのは、ショットガンだ。それで、三人の男を撃ち殺したのか。

「いったい、なにが……」

ブラウンの言葉に、レディボスは鼻を鳴らして笑う。

「自分のことは自分で守る。自助ってやつだね」

ショットガンを誇らしげに掲げて言った。

「……なにが起きているんだ?」

その問いに、レディボスは顔をしかめる。

「管理会社の人間のくせに、なにも知らないんだね」やけに白い歯を剝き出しにして続ける。

「剣頭と剛条会が、エルタワーに寝返ったんだって聞いたよ」

「え?」

「それで、その二つの組織を足がかりにして、エルタワーがここに攻め込んできたって噂。本当か嘘かは分からないけどね……まったく、後で割れたガラスの弁償をさせないと」

意外な内容だったが、レディボスが嘘を言っているようには見えない。

ブラウンは先日、剣頭のトップである春鈴と剛条会の北虎が一緒に歩いているのを目撃していた。冷戦状態の二つの組織のトップが一緒にいるのは珍しい光景だったが、そういうことだったのか。

管理組合の二大巨頭であり、トウキョウマンションきっての武闘派集団がエルタワーに寝返ったということだ。

「でも、もう終わるよ。そう聞いてる」

レディボスの、不意の言葉。

——終わる? そう聞いてる?

トウキョウマンションが降伏するということだろうか。誰から聞いたのか。

ブラウンが口を開いたところで、ポケットに入れていたスマートフォンが振動する。電波障害は解消したのだろうかと思いつつ、ディスプレイを確認する。

そこには、レッドネックの名前が表示されていた。

亡霊からの電話。いったい、なにがどうなっているのか。

急いで施設から出たブラウンは、非常階段を使って一階ロビーに到着する。

そこには、トウキョウマンションの住民たちが集まっていた。〝ケーララの赤い雨〟のパテルやグプタの姿もある。皆、武装しているようだった。

ロビーの中央には、黒ずくめの男たちが縛られていた。数にして五十人ほど。

いったい、これはどういうことだ。

ブラウンはセキュリティを解除し、事務所に入る。

そこには、殺されたはずのレッドネックの姿があった。

「よう。どこをほっつき歩いていたんだ？」

相変わらず、酒の臭いを振りまいている。間違いなく本物だ。レッドネックの隣には、こちらも殺されたはずの大歩。死人が二人。

「……なにがどうなっているんだよ」

「この二人は殺された。ということになっていた」

明明が言いながら、ブラウンの手にあるワルサーＰ38を取り、腰に差し込んだ。

「……なっていた？」

明明は頷く。

「少し前から、トウキョウマンションに正体不明の人間が侵入していたと話したけど、あれはエルタワーが送り込んだ殺し屋だ」

たしか、昨日そういった報告をしていたなとブラウンは思い出す。

「その殺し屋の目的は、管理会社の人間を殺して戦力をそぐこと。その目的が順調にいっていると偽装した。我々が弱いとエルタワー側に思い込ませた」

「どうして？」

「エルタワーの奴らに、作戦が上手くいっていると思わせるためだ」

いつの間にかキエフがいた。いつものように、音もなく現れたので、心臓に悪いとブラウンは思う。

「作戦が上手くいっていると思わせる必要があった。そして奴らは、当初の計画どおりに、ハイブリッド戦争を仕掛けてきた」

「ハイブリッド？」

「二〇一四年に、ロシアがクリミアを併合した際に使われた手法だ」キエフは淡々とした口調で続ける。

「正体不明の民間人によって、ウクライナの港湾施設や鉄道、電力施設でデモが起きた。そして、状況を把握できないうちに、ウクライナ全土で通信障害が起き、停電が発生した。そして、いつの間にかデモをしていた民間人がロシア民兵に替わっており、重要施設を占拠したんだ」

たしかに、最近トウキョウマンションで発生した事象に似ていると思った。

「……その情報を事前に摑んでいたってことですね。それで、エルタワーの目的は、やはりここですか」

ブラウンは、床を指差した。

そのとき、事務所内に何者かが入ってきた。

剣頭の春鈴と、剛条会の北虎だ。

ブラウンは身構える。養護施設のレディボスの話では、剣頭と剛条会はエルタワー側に寝返っているということだった。

「なに？　やる気？」

春鈴の射抜くような視線。

「安心しろ。もう俺たちは敵じゃねぇから」

へらへらと笑みを浮かべた北虎が言う。

「……どういうことなんですか」

ブラウンは警戒を解かずに、キエフに訊ねる。

「剣頭と剛条会は、トウキョウマンションの修繕積立金を狙っていた」

修繕積立金。意外な言葉だった。トウキョウマンションは、修繕積立金が集まらなかったために修繕ができず、今のような状況になっているのだ。

「このタワーマンションの大規模修繕の工事費は約十億かかるから、今の積立金では全然足りないが、維持していくだけの費用はある」

「俺たちは、一億円以上はあると踏んでいた修繕積立金を狙っていた。エルタワーの奴らにそそのかされてな。だから剣頭と共闘しようとしたんだが、止めたんだ。一億円もないことが分かったし、もっと安全な方法を取ることにした」

北虎は忌々しそうに言う。まったく悪びれた様子はなかった。春鈴も、同調するように頷いている。

「でも、エルタワーの狙いは違ったということですか？」

キエフは僅かに顎を引いた。

「今日、エルタワーに行ったときの、お前の印象どおりだ」

エルタワーを出たとき、キエフはブラウンに訊ねた。

——エルタワーの印象は？

その問いに、ブラウンは正直に答えた。

あのマンションは危険だ。治安ではなく、建物自体が危ない兆候を示していた。

一階部分の柱を補強している鉄が腐食していた。ほかにも、ひび割れや崩れが異常に多く、建物の基礎部分、鉄筋コンクリート杭《くい》の欠陥が関与している可能性があった。空洞や陥没孔が引き金となって建物を損傷させているのかもしれない。

アメリカのマイアミにあったシャンプレイン・タワーズという高層マンションが二〇二一年に崩壊し、多数の犠牲者を出した。そのときの状況と、エルタワーの建物の状況が似ているとブラウンは思った。

キエフは、マンションの状況を確認させるためにブラウンを同行させたのか。

「私たちは金で動く。原動力は金。ここの修繕積立金の当てが外れた今、エルタワーの解体工事に一枚噛むほうが良いと判断した」

春鈴が舌をチロリと出して笑った。

その言葉に、なるほどなとブラウンは思う。あの規模の建物を解体する場合、億単位の費用がかかる。そこに剣頭と剛条会が絡むことで、上前をはねるのだろう。

エルタワーは自壊する可能性が高いため、サルヴァトーレ・フェロはトウキョウマンションを乗っ取ろうとした。キエフは、それを事前に察知しており、恣意的《しいてき》に相手が動くように仕向けたのか。

春鈴と北虎は、今後のスケジュールについては追って連絡すると言って事務所を出ていく。

管理会社のメンバーだけになった事務所内で、ブラウンは口を開く。

「どうして、この計画を俺に話してくれなかったんだ」

明明は肩をすくめた。

「まだ新参者だし、エルタワーの反対勢力の内通者である可能性を否定できなかったから。今はシロだって分かった。あんな馬鹿な動きをする内通者なんているわけがないし」

小馬鹿にするような調子だった。

大歩が死んだと知らされたとき、明明は目を赤く腫らしていた。あれは演技だったということか。

「……反対勢力？　というか、お前は、このことを知らされていたのか？」

奄美に訊ねる。彼女はこちらを見ることなく頷いた。

ブラウンはため息を吐く。

蚊帳《かや》の外に置かれたことはいいとして、今までの流れについては納得した。いや、納得しかけた。しかし、なにか変だ。

大歩やレッドネックが殺されたという嘘。これは、エルタワーを油断させるという思惑があった。ただ、サルヴァトーレ・フェロは、こんな嘘を吐かなくても、トウキョウマンションに攻め込んできたのではないか。

茶番のように感じる。

そのとき、何者かが事務所に入ってきた。その人物を見たブラウンは、目を大きく見開く。

サルヴァトーレ・フェロだった。

「……どうして」

ブラウンは呟く。

それを無視したサルヴァトーレ・フェロは、痙攣を起こしたように笑った。

「上手くいったな」

「問題ないなら、それで良い」

キエフが応じる。

「あんたのお陰だ。これで、無事に金儲けができる」

あんたのお陰？

金儲け？

「どういうことだ？」

ブラウンの問いに呼応するように、明明が傍《そば》に近寄ってきた。

「エルタワーは敵だった。でも、フェロは最初から仲間だった」

「……え？　仲間？」

「こういうこと」

そう言った明明は、ブラウンの腰からなにかを取り出した。

ワルサーP38だった。

それを、ブラウンの頭に突きつけ、引き金を絞る。

一瞬の出来事。

抵抗する暇もなく、死が訪れた。

そうブラウンは思ったが、銃弾が頭蓋骨を粉砕《ふんさい》することはなかった。

空砲？

「これが答え。全部が茶番だってこと」

生を繋ぎ止めたブラウンは、近くの椅子に腰を下ろした。足に力が入らなくなっている。大事に握っていたワルサーP38には、弾《たま》が込められていなかった。

「トウキョウマンションに侵入してきた俺の部下が持っているのも、ゴム弾だった。本当に死者が出たら面倒だからな。トウキョウマンション側もゴム弾。一種のサバイバルゲームだな。だから、実際の死者はゼロ。殺し屋も名ばかりで、俺が密かに言いくるめていたから、無害な集団だった。でも、嘘ばかりだといまいち緊迫感に欠けるだろ？　だから、あんたらの仲間が殺されたってことにした。抗争が本気であるって思わせなきゃいけないからな」

「……誰にですか？」

「そりゃあ、エルタワーの住人にだよ。奴らも独自のネットワークを持っているし、トウキョウマンションを敵視している武闘派勢力もある。剣頭と剛条会を焚き付けたのも奴らだ。それに、この事務所には盗聴器が仕掛けられていた。エルタワーの奴らが仕掛けたのは知っていたし、わざと仕掛けられるように誘導した。そういった環境下で演技をし、盗聴者を騙す必要があったんだ。もちろん、今は取り外して別の部屋に付け替えている。俺は穏健派だからな」フェロが言う。

「今にも崩れそうなエルタワーを捨てて、トウキョウマンションに行くことには賛成だった。ただ、反対の奴らがいてな。エルタワーは大丈夫だという根拠のないことを言う奴らも多くて、話が上手くまとまらず、手を焼いていたんだ。エルタワーに居座られると、計画が進まない。だからこういった茶番をして、マジでエルタワーはヤバくて、トウキョウマンションを襲撃して移転しなければならないってことを知らしめる必要があった。妄想に取り憑《つ》かれた奴を説得することなんてできない。自分で判断したと思わせなければ、奴らは考えを変えない」

ブラウンは眉間に皺を寄せる。話が見えてこなかった。

「普通に、この建物が壊れますよと言っても、住人は動かない。転居したがらない。だから、今回のような芝居を打ったわけだ」

「どうしてそんなことを……」

「案外、物分かりが悪いんだな」フェロはため息交じりに言う。

「すべては、エルタワーを解体するための茶番だ。建物を解体することの、もっとも大きなハードルは金じゃない。そこに権利を持って住んでいる人間だ。住人を立ち退《の》かせるために、一芝居打ったわけだ。エルタワーの住人も、あんたらの住人と同じく一筋縄ではいかない。だから、本当に建物が崩壊の危機に瀕《ひん》していて、だからこそトウキョウマンションを乗っ取ろうとしているということを実感してもらう必要があった。エルタワーには、もういられないと思ってもらう必要があった。人は、自分を一番賢いと思う生き物だ。だから、人に言われたのではなく、自発的に判断したと誘導する必要があったんだ」一度言葉を止め、すぐに続ける。

「ロビーの様子を見れば一目瞭然だが、俺たちの電撃攻撃は失敗に終わった。今から俺は、敗北を喫したということで降伏する。そして、トウキョウマンションの傘下に入るという文書にサインをする。すべては、エルタワーの住人を首尾良く立ち退かせるための演技だ。寛大なトウキョウマンションは、エルタワーの住人を快く受け入れてくれることになっている」

「……立ち退かせるため」

立ち退き交渉が難航するケースが多いことはブラウンも知っていた。しかも、相手は法律なんて関係ないと考えている住人たちだ。立ち退きに手こずるのは目に見えている。だからこそ、エルタワーの武力がトウキョウマンションに通用せずに負けたという実績を作る必要があった。乗っ取りが失敗したと実感させる必要があった。

「……あんたのメリットは？」

「たくさんある」サルヴァトーレ・フェロは笑う。

「エルタワーは、トウキョウマンションの隣という最悪な立地だから、土地の権利も格安で買い取ることができた。そこに、俺の管理会社が新しくサービスアパートメントを建てる。そこに入居するのは、脛《すね》に傷のあるＶＩＰたち。彼ら専用の避難場所にする。もちろん、そのサービスアパートメントは、今までどおり治外法権だ。安全な場所に隠れたい金持ちは一定数いるからな。護衛と、防弾仕様車の送迎付き。運営は我々がやる。これは、門仲警察署の陣谷にも協力してもらうことになっている。金儲けをしたい公権力のお偉方も取り入れる。もちろん、リターン付きでの協力だが」

「退去した住人は、どうなるんだ？」

その問いを受けたのは、キエフだった。

「それは、トウキョウマンションの空き部屋に入ってもらう。最近、入居者が減っていたから、好都合だ。しっかりと修繕積立金を徴収する。そうすれば、マンション運営は楽になる。トウキョウマンションの管理組合にも、内々に承諾を得ている。彼らとしても、資金不足のままトウキョウマンションが朽ちていくのは望んでいない。両マンションの住人同士のトラブルはあるだろうが、私なら抑えつけられる」

「……住人に説明して、移住してもらえば良かったんじゃないですか」

「自分の住んでいる場所に愛着が湧くのが人間だ。しかも、トウキョウマンションとエルタワーは犬猿の仲とされている。いくら建物の危険性を伝えたところで、簡単には移住してくれない。マンションの修繕計画すら、住人たちの意見がまとまらずに難航するのが当然な世の中だ。退去をさせるのは、より困難なんだ」

「こういった再開発は、早期決着が一番なんだよ。時間がかかるのは、金がかかるのと同義だ」

葉巻を取り出したフェロが付け足し、満足そうに吸い始める。

「……正直、納得できない」

ブラウンは呟く。

トウキョウマンションを奪うための抗争を演じて、エルタワーが本当に自壊するのだと住人に実感させ、抗争に負けた結果、トウキョウマンションに移転することを促す。そして、サルヴァトーレ・フェロは、エルタワーの解体工事と新しいサービスアパートメントで金儲けをして、トウキョウマンションはエルタワーの住人を取り込み、修繕積立金を増やし、マンション維持を図る。そのための、大掛かりな茶番。

ブラウンはそのことを知らされず、翻弄《ほんろう》されただけだ。知らされなかった理由が勤務年数の浅さと、内通者の可能性があるからだと言っていたが、あたふたしているピエロを演じさせられ、茶番に真実味を帯びさせる人員に使われた可能性のほうが高い。

納得できない。施設の子供たちの怯えた顔を思い出すと、余計に腹落ちしなかった。

「……俺は、納得できない」

僅かな沈黙が、事務所内を漂う。

「私は、ここの管理人だ」キエフは静かな声で続ける。

「このマンションを維持することが仕事だ。多少の無理をしても、ここを維持しなければならない。そうすることで住人の生活が守られる。修繕積立金を増やすのは、今後の運営上、必要な措置だった。それに、エルタワーが自壊したら、トウキョウマンションに被害が及ぶ可能性もある。今回の一件を仕組んだのは、管理人の務めを全《まっと》うするためだ。それ以上でも、それ以下でもない。ただトウキョウマンションを維持するという仕事を全うしただけだ。それが私の職務だ」

そう告げたキエフは、ガラスのような青い瞳を向けてくる。

納得などしなくていい。その目は、そう語っていた。

ブラウンは、キエフの真意が読めなかった。そして頭に浮かんだ疑問。

どうして、エルタワー側に襲撃をさせ、トウキョウマンション側の住人に戦いを強いたのか。

い、い、い、い、い、い、い、い、い、い、い、い、い、い、い、い、い、い、い。

まるで、なにかが攻めてきたときのための予行演習をしているようではないか。

第四章

病原体

1

駅に降り立ち、顔を歪める。

夏の豊洲は、ほかのエリアよりも暑く感じる。海が近いからだろうか、湿気が肌にまとわりついてくるようだった。

長袖のシャツをまくってから地図を確認すると、目的の場所はここから徒歩で十五分以上ある。

豊洲という街は、道が広く、真っ直《ます》ぐに作られている。ただ道が真っ直ぐに延び、別の真っ直ぐな道が交差している。いわば、格子状。京都の道が碁盤の目と言われているが、豊洲にその表現は当てはまらない。その理由は広い道幅にあるような気がした。無駄に広く感じたし、無駄に長く感じた。目的地が遠く思えてくる。

タクシーを使いたい気持ちを抑え、歩くことにする。タクシー代が会社の経費になるか聞きそびれていた。

二階堂《にかいどう》は、額に浮かんだ汗をハンカチで拭う。そして、自動販売機で水を買い、歩きながら水分補給をする。

途中、木陰での休憩を入れていたら、倍ほどの三十分近くかかってしまった。大学を卒業してから運動をしていなかったツケだ。

目的地に近づくにつれ、空気が重くなり、快晴だったはずの青空も心なしか曇っているように感じる。

「……ここか」

そびえ立つトウキョウマンションを見上げた二階堂は、大きなため息を吐いた。豊洲に数多く建っているタワーマンション。それらとは一線を画すトウキョウマンションは、〝負〟の空気をまとっているように感じた。

マンションの敷地には、ひまわりが植えられていた。自然に咲いたわけではないだろうから、誰かが植えたのだろう。

風に揺れるひまわりを見ながら、頭を掻いた。

気が進まない。このまま逃げてしまいたかった。

二階堂は、新卒で入ったシステム制作会社で精神的に参ってしまい、一年で辞めた。その後に入った会社も人間関係が上手くいかずに半年で去り、今の会社が三社目だった。

短期間で転職を繰り返した二階堂を受け入れてくれたのは、怪しい会社だった。中国資本の不動産管理会社で、世界中に管理物件がある。資本もあるので大手と言っていいが、日本へ参入したのは最近で、求人広告を出していないので知名度はない。二階堂が求人広告サイトで発見したときも、会社の規模などが書かれてあるのと、なんでもできる人という曖昧な募集内容だった。

明らかに怪しい会社だったが、二階堂が応募したのは、給料が良かったからだ。

この会社には独特の風土があり、入社してすぐにそれは分かった。

管理している不動産物件には、それぞれ等級が割り振られている。建物のランクに応じて、特級から九級であり、もっともハイクオリティーな物件が特級で、質が下がるにつれて等級も下がっていく。九級は、問題だらけの物件という位置付けだ。

二階堂は、再度トウキョウマンションを見上げる。社内資料を確認すると、このマンションは等級外という位置付けになっていた。先輩社員に聞いたところ、等級外に該当するのは物件内の治安が殊更《ことさら》に悪く、事件や事故が多発する物件だということだった。日本では、トウキョウマンションのみが等級外に指定されている。

目を転じる。

トウキョウマンションに並ぶように建つ、通称エルタワー。こちらはすでに解体工事が始まっており、住人の多くはトウキョウマンションに移っていた。

立っているだけで汗が噴き出てくる。

トウキョウマンション。悪名高い場所に、仕事で来ることになるとは思ってもいなかった。犯罪者が逃げ込む場所。不法滞在者《オーバーステイ》が多く住み、鬼が出たり幽霊が出たりするという。肝試し感覚で入ったバックパッカーが、四肢を切断されて道端に転がっていたり、裏切り者は焼かれた上で吊されるという噂もまことしやかに囁《ささや》かれている。ほかにも、特集をしようとしたテレビ局のディレクターやカメラマンが失踪したという話もあった。

悪い噂には事欠かない。まともな人間はトウキョウマンションに足を踏み入れない。

目眩《めまい》がしてきた二階堂は、逃げ出したいという気持ちをどうにか抑え込む。高い給料が目の前にぶら下がっているのだ。

両方の頬を手で叩いた二階堂は意を決して、トウキョウマンションのメインエントランスに足を踏み入れた。

目に飛び込んできたのは、行き交う多くの人々。そして、彼らが発する声や音。

建物内は、思ったほど涼しくなかった。空調設備が古いのか、それとも使っていないのか分からなかったが、肌にまとわりつくような湿った風がない分、外よりはマシだった。

エントランスは吹き抜けになっており、一階と二階の一部が見える。先に進むと、パーティションで細かく区切ったようなエリアに入った。多くの店が立ち並んでいる。

多国籍の飲食店のほかに、中古品店や雑貨店が並ぶ。堂々とブランドもののコピー商品が売られている。密輸した商品も多くありそうだ。

目を凝らすと、精肉店があった。肉の塊が無造作に置かれている。空腹感はあったが、食欲はそそらない陳列。

このマンションでは違法な売買が横行しているという噂があるが、管理人による厳格な線引きがあると言われている。そのため、秩序を乱す殺人や、それに準ずる行為は禁じられている、らしい。それが就職した管理会社の言い分であり、先輩社員が教えてくれたことだ。

そのほかにも、人体部品市場《レッド・マーケット》――臓器の売買も規制されていた。南アジアなどでは臓器の闇市があると聞いたことがある。そこでは臓器はもちろん、角膜や靭帯《じんたい》なども売られているという。

トウキョウマンションには、そういった商品は置いていないということだった。

管理人の線引きの基準が文書などで明確化されていない以上、怪しいなと思う。

ロビーは非常に広く奥行きがある。ただ、所狭しと店舗があるからか、雑多な印象を受ける。竣工時にもともとあったテナントエリアを細かく区分けして店を敷き詰めているようだ。

昼間だからか、基本的には明るく、人々の行き来も盛んで活気がある。

ただ、光の届かない湿地のようなエリアもあった。その部分だけ陰になっている。そこに浮かぶかのように、数人が立っていた。

その中の一人と目が合う。黒目のみで、白目がないように見える瞳。まるで、闇に見つめられているようだった。

底知れない、なんとも形容しがたい恐怖心が全身を貫く。

二階堂は悪寒に身体を震わせ、足早にロビー南側にある事務所へと向かった。

管理会社の人間の拠点である管理事務所は、窓がなく、壁として素通りしてしまうような外観をしていた。ただ、よく見ると扉があり、防犯カメラも複数設置してある。

インターホンを押し、上方に取り付けられているドーム型カメラを見る。

しばらくして、僅かに軋《きし》むような音を立てて扉が開く。

中から出てきたのは、壁のような大男だった。無言で対峙《たいじ》する。

威圧感に、二階堂は一歩後ろに下がった。

「あ、あの……」

声が震え、次の言葉が出てこない。二階堂は首からぶら下げている社員証を見せる。

目の前に立ちはだかる男は、中国の広東省出身の大歩だ。事前に確認した従業員リストで確認したから間違いない。

要するに、味方だ。敵ではない。しかし、見下ろしてくる大男が危害を加えてくるのではないかという恐怖心を拭い去ることができなかった。

無言で見つめてくる大歩が僅かに顎を上げ、身体を反転させて歩き出す。

ついて来い、という意味だと二階堂は解釈する。

一つ目の扉の先に、すぐに二つ目の扉が現れる。頑丈そうな鉄製。それを抜けると、平凡な机が並ぶ事務所に至った。

やや薄暗いが、事務所と呼ぶに相応しい環境。ただ、大量のモニターが置かれ、防犯カメラの映像が映し出されているのは異様な光景だった。

部屋の中を見回す。どうやら、トウキョウマンションを守る管理会社の人間はここに勢揃いしているようだ。

「ほ、本部……」

また声が震える。言葉を止めた二階堂は深呼吸をした。

「本部管理部から来ました二階堂です。よろしくお願いします」

頭を下げる。上擦《うわず》ってしまったが、なんとか言い切ることができた。

反応する人間は皆無だったが、予想どおりだったので気落ちすることはなかった。

記憶している従業員リストの内容を思い出しながら、各々の顔を確認する。

大歩の隣にいるのは、同じく中国出身の明明。離れた場所に座って瓶ビールを飲んでいるレッドネックは、自称アメリカ出身で、ここでは治安維持要員として働いている。大歩と明明も同じ役割を担っていた。

ノートパソコンのキーボードを叩いているのがブラウンで、マンション内の修繕を担当している。その隣の奄美は電気系統やIT担当。

全員が管理会社の人間。ただ、正規雇用ではなく、社会保険に加入している様子もない。金銭のやりとりがあるのは間違いないが、経理部や人事部は関与していないようだった。また、全員が偽名であり、履歴書の類いも存在しなかった。

ただ、トウキョウマンションでは日本の暴力団である剛条会と中国マフィアの剣頭が管理組合の中心的存在で、その管理組合と管理会社が契約した上でキエフたちが現場担当として管理しているらしい。

そのように説明をした先輩社員自身、あまりよく分かっていない様子だった。

どのような経緯で雇われたのかも定かではなく、雇用形態も身元も不明。二階堂が社内で情報収集した限りでは、等級外の物件管理をする人間はこのようなケースがほとんどだという。

彼らは個人事業主のような立場で、管理会社が業務委託をしているのだろうと推測していた。全員、社会に適合した人間には見えなかったが、物件の危険度を考慮すれば、適材適所ということなのだろう。

ふと、一人だけ姿がないことに気が付く。

「……管理人の、キエフさんは？」

その言葉に反応したのは、明明だけだった。しかも、肩をすくめるだけで、はっきりとした回答ではなかった。

「……では、ここで待たせてもらってもいいでしょうか」

「戻ってくるか分からないよ」

「どこにいるんですか？」

「知らない」

明らかに迷惑そうな表情で返答した明明は、ジーンズを穿《は》いた足を組む。

「携帯とかで連絡は……」

「連絡手段はない。だから、自分で探して」

厄介払いをするように、手をひらつかせる。

二階堂は、眉間に皺を寄せた。

キエフはトウキョウマンションの管理人であり、ここの責任者だ。なにか事件や事故があったら、どうやって連携を取るのだろうか。

心中を察したのか、明明は薄笑いを浮かべる。

「心配しなくても、私たちは問題なくやってる。査察に来たんでしょ？　どうせなら、マンション内でも見て回ったら？　もしかしたらキエフに会えるかもしれないし」

そう提案された二階堂は、一度はその気になったが、一人でトウキョウマンションを歩き回るのは怖いというのが正直なところだった。

明明は品定めするような視線を向けてくる。

恐怖心を覚られたくなかった二階堂は、仕方なく頷いた。

「……分かりました」


事務所を出て、ロビーを見渡す。

活気のある様は安心感があった。なるべく暗闇部分を見ないように気をつけながら歩を進める。

もともとは華美な装飾を施しているマンションだったが、今は経年による劣化が見られ、清掃が行き届いていないせいか汚れも目立つ。それでも荒廃した雰囲気がないのは、最低限の管理をしている証《あかし》だろう。

二階堂は周囲を見渡す。

キエフの容姿は、ほかの通行人に紛れることはないだろう。写真を見る限り、人間には思えなかった。蠟《ろう》人形のような肌に、銀色の髪。ガラス玉のような青い瞳。背が高く、針金のように細い。幽霊という形容がしっくりとくる。

人ではないような人間を捜せばいい。ただ、この人混みだ。闇雲《やみくも》に捜して見つかるのだろうか。

トウキョウマンションは五十階建て。延べ床面積は、六万平方メートルほどある。一階と二階はテナントエリアで、それより上は主に住居エリアだったが、安宿に改造したり管理売春の拠点にしたりしているようだ。また、暴力団やチャイニーズ・マフィアも入居していて、マンションの体を成していないようにも感じるが、実際に入居して生活を送っている人も多く存在していた。

トウキョウマンションには、児童養護施設があるため、子供たちの姿も目立つ。無邪気に走り回っている姿を見ると、悪名高い割に意外と平和なのかと思ってしまう。

店舗に並ぶ商品を眺めつつ、キエフを捜す。特に危険な思いはしなかったので、少しだけ警戒心を緩めることにした。

端まで歩き、廊下の先に視線を向けると、扉があることに気付く。テナントエリアから外れた場所にある扉。表示板などはない。そのまま素通りしてもよかったが、扉の先になにがあるのか興味が湧いた。

ドアノブを握り、開けてみる。鍵はかかっていない。非常階段のようだった。暑かった。空調が効いておらず、空気が滞留している。普段使われていないのか、清掃の跡が見られず荒れていた。壁紙も剝がれており、照明も暗い。

ここを捜しても無駄だろうと思って戻ろうとしたとき、階段の踊り場に人影があることに気付く。子供のようだ。

二階堂は、ゆっくり階段を上る。踊り場に座っているのは少年だった。十歳くらいだろうか。頭がふらついている。顔を伏せた状態で、居眠りをしているようだ。

少年は、前に大きなハンカチを広げており、大学ノートが二冊置いてあった。表紙には、サインペンで数字の羅列《られつ》が書いてある。最初の文字列が西暦で、その後は日付だろうか。

また、〝閲覧料《えつらん》〟と書いた紙がノートの下に挟んであった。千円。このノートにはいったい、なにが書いてあるのだろう。

手を伸ばしたそのとき、少年はびくりと身体を震わせて顔を上げる。

少年は目を合わせ、その視線を僅かに下げる。そして、驚いたように大きく口を開けて頓狂な声を上げ、ハンカチでノートをくるんで走り去ってしまった。

声をかける暇もなかった。

少年が消えていった方向を見つつ、二階堂は頭を掻く。どうやら、驚かせてしまったようだ。あのノートの中身が妙に気になる。自作の小説や漫画が描いてあるのだろうかと思いつつ、非常階段を出る。

飲食店が立ち並ぶエリアまで戻ると、方々から美味しそうな香りが漂ってきていた。ちょうど、昼時だった。

賑《にぎ》わう飲食店を見ながら、どこかで食事をしようと店先に掲示されているメニューを見ていると、唐突に腕を引かれて体勢を崩す。

驚いて振り返る。そこには、満面の笑みを湛えた外国人の男が立っていた。浅黒い肌。口髭を生やしている。

「ご飯？　こっちが一番だよ！」

返事を待たずに腕を引っ張られる。

「ちょ、ちょっと……」

「あなたに是が非でも相談したいこともあるから、こっちこっち」

口調とは裏腹に、強い力で連れて行かれたのは、〝ケーララの赤い雨〟というカレーショップだった。

ようやく手を離した男は、自らをパテルと名乗り、半額でカレーを提供する代わりに、相談に乗ってほしいと早口でまくし立てる。

その気迫に気圧された二階堂は、カレーという気分ではなかったが、断ると面倒なことになりそうだったので、渋々椅子に座った。

パテルは、黄色いプラスチックコップを差し出す。二階堂は一口飲む。それを見たパテルは、満足そうな表情を浮かべ、掌《てのひら》を差し出した。

「前払い、千円ね！　超特別価格！」

「……え？」

「聞こえなかった？　日本円の千円だよ。一見《いちげん》さんでこの値段ってのは、運が良いよ」

二階堂は耳を疑う。この店に連れてこられる際、半額で料理を提供すると言っていたのは嘘だったのか。

「ちなみに、初めてのお客さんの場合、カレーは二千円だから。ほら、最近物価も上がってるでしょ？　ここもニューヨーク価格」

「ここは東京ですけど」

「どっちも首都でしょ」

「……アメリカの首都はワシントンD.C.」

「どっちも大都会でしょ」

笑みを浮かべたパテルは、細かいことは気にしないと言って、掌を近づけてくる。テーブルにメニューの類いは置いていないので、価格は分からない。コップに口をつけてしまったので、席を立つのも気まずい。

仕方なく財布を出し、千円を支払う。

「まいどありー。ちょっと待っててね」

ポケットに千円札をねじ込んだパテルは、厨房に向かってカレーをオーダーする。

「すぐできるから、テレビでも見て暇をすり潰していて。壊れたから、この前新しいものに替えたんだよ」

自慢げに言いながら、テレビを指差す。どこにでもある、なんの変哲もない薄型テレビが置かれ、ニュース映像が流れていた。

天気予報を見ていると、パテルが大皿に盛られたライスとカレーを運んでくる。

そして、後ろからサラダを持ってきた男を見て、二階堂は目を瞠《みは》る。そこに、パテルと同じ顔の男が立っていた。

鏡に映し出されているのではないかと見紛《みまが》うほど似ていた。服装も、白いTシャツとジーンズという出《い》で立《た》ち。

「双子ですか?」

その問いに、片方の男が頷く。どちらがパテルか分からなかった。

「兄弟でもなんでもないよ! 赤の他人!」

二人は並び、パテルがもう一人の男の名前をグプタだと紹介する。紹介されたほうのグプタはサラダを運んできた男で、なにも言わずに店の奥へと消えていった。グプタはアディダスを履いており、パテルはナイキを履いていた。

「顔は同じだけど、性格は逆ね。他人だから当然ね。私は明るい太陽で、グプタは暗闇ね。真っ暗で、なに考えているか分からない男」

本当に兄弟ではないのかと疑いつつ、スプーンを使ってカレーを口に運ぶ。千円は高いと思っていたものの、とても美味しかった。カレーを食べ比べしたことなどない人生を歩んできたが、これは今まで食べてきたものの中でも、間違いなく上位に入る。

辛いので水を大量に飲む。額から噴き出る汗を拭いつつ、すぐに食べ切ってしまった。スプーンを皿に置くと、タイミングを見計らったかのように、ナイキを履いたパテルが現れる。まさかスニーカーを履き替えてはいないだろうなと思いつつ、二階堂は口を開いた。

「相談したいことって、なんですか」

「え？」

首を傾げ、狐《きつね》に抓まれたような表情を浮かべていたパテルだったが、やがて用件を思い出したらしく、怒ったような表情を浮かべてまくし立て始める。

「聞いてよ！　三ヶ月前にできた斜向《はすむ》かいの中華料理屋！　どうしてあんな料理屋の出店を許可したの！　そりゃあ、前の店舗のオーナーが結婚して祖国に戻って空き店舗になって、そこにするりと居抜きで入ったのは分かるけど！　あの店は酷いよ！　どうかしてるよ！　トウキョウマンションは地に落ちたよ！　資本主義の豚に成り下がったよ！」

烈火のごとく怒りを露《あら》わにしたパテルは、その場で足踏みをする。

理由は分からないが、新しく入った中華料理屋に対して相当な不満を募らせていることは伝わった。

「……ど、どうして僕にそんなことを言うんですか」

気圧されつつ、二階堂は疑問を発する。トウキョウマンションには初めて来たし、パテルとは初対面だ。

「どうしてって、それそれ！」

憤慨した様子で、二階堂の腹のあたりを指す。不摂生が祟《たた》って少し膨らんだ腹の前に、社員証がぶら下がっている。

首に社員証を掛けたままだった。

「トウキョウマンションの管理会社の人でしょ⁉　テナントの管理とかもしているんでしょ？　このままじゃ干上がっちゃうからどうにかしてよ！」

唾を飛ばしながら訴える。

二階堂は社員証を首から外し、バッグの中にしまう。それから立ち上がり、店の入り口の前に立つ。パテルの言う中華料理屋を確認することができた。

店構えは凝っていなかったが、煌《きら》びやかな看板が置いてあり、躍るような字で〝春神楼《しゅんしんろう》〟と書いてある。店の前には行列ができていて大盛況だった。

店内に戻ると、パテルが腕を組んで待ち構えていた。

「大盛況なのは分かりましたが、なにが問題なんですか?」

「大盛況だから問題だよ！　料理の値段も高いくせに！」

この店のカレーも高いと言いたいのを、ぐっと堪える。

「美味しいから繁盛する。それだけじゃないんですか?」

二階堂の回答に、パテルは地団駄を踏む。

「あんな不味いものが?　美味いわけないよ！」

「食べたんですか?」

「食べるわけない！　金を出すのも腹立たしい！　それで、どうしてあんな店に場所を貸したの⁉」

詰め寄ってくるパテルから一定の距離を保つため、手で押しとどめる。

「えっと……テナントの管理については、たしか本部で管理している者がやっていますが」

マニュアルを思い出しながら告げる。

「本部?　あなたは本部の人間?」

「……いや、違います」

二階堂は首を横に振る。本部ではあるが、テナント管理の部門ではない。細かく説明するのも面倒だったので、否定する。

一瞬押し黙ったパテルは、苛立たしげに頭を掻いた。

「本部の人間の仕業か！　ともかく大盛況は許せない！　大盛況だと困る！　だって、よく考えて、こっちの客がどんどん取られていくから……そして私が干上がってしまう……だからなんとかしてほしい……」

急激に声のトーンが落ちていく。そして、最後には悲愴な声色になったパテルは、対処を望むと意思表示をしてから、奥で横になると告げて姿を消す。

プラスチックのコップに残った水を飲み干した二階堂は、店を出て〝春神楼〟の前で立ち止まった。先ほどと同様、長蛇の列だった。メニューの類いを見ることはできなかったが、〝精力増強〟や〝一撃必中〟といった威勢の良い文字が並んでいる。

〝一撃必中〟の意味は分からなかったが、時間のあるときに、並んで食べてみようと思う。

二階堂は、ゆっくりとした歩調でテナントエリアを進む。

洋服店、鞄販売店、両替店、絵画販売店と多種多様。ホテル紹介店というのもあった。観光案内所のような場所だろうか。

看板にはさまざまな文字が書かれ、極彩色《ごくさいしき》や電飾などで彩られている。

どの店も活況というわけではないが、需要があるからここに店を構えているのだろう。一通り見て回ったが、キエフの姿はなかった。

視線を上げる。三階から上の住居スペースにいるかもしれない。キエフは管理人なので、ここに住んでいるはずだ。ただ、キエフの住居は、危機管理の観点から伏せられているらしい。管理会社も把握していなかった。家々を虱《しらみ》潰しにあたるのも非現実的だ。

一度、事務所に戻ることにする。

先ほどと同様にインターホンを押すと、明明が現れた。中に入ると、一部人員が減っている代わりに、知らない人物が増えていた。

二階堂は息を呑み、寒気を覚える。

キエフだと、すぐに分かった。写真を見る限り、蠟人形のようだったが、実際には幽霊《ゴースト》という言葉が適切だ。ガラスのような青い瞳は鋭く、それ自体が凶器であるように思えてしまう。また、白い肌からは冷気のようなものが漂ってきそうだった。身体に血が通っているとは到底思えない。針金のような鋭さを彷彿とさせる銀髪は後ろに撫でつけられていた。

キエフに見つめられた二階堂は、頭の芯に痛みを覚える。よく見ると、瞳の中心部分が黄色っぽくなっていた。まるでひまわりが咲いているようだ。

このまま逃げたいと思い、実際に足が出口のほうに動く。ただ、すんでのところで留まった。

唾を何度か飲み込んだ後、声を発する。

「……事前に連絡があったかと思いますが、これから一ヶ月間、管理人であるキエフさんと同行することになりました……トウキョウマンションが問題なく運営できているかを確認し、毎日、本社に日報を上げます。日報には、日々の出来事のほか、キエフさんの仕事内容をすべて書かせていただきます」

全身から発汗しつつ、言い切る。

二階堂は額から流れる汗を手で拭った。

本社に報告する日報について、表向きは発言どおりだった。ただ、それよりも重要なことを二階堂は担うことになっていた。

先輩社員の言葉が頭に蘇《よみがえ》る。

——金槌《かなづち》を使うのは釘《くぎ》を打つためだ。ただ、最終的な目的はなにかを作ること。キエフは管理会社に報告せずに、釘を打つ行為を続けている。管理会社の上層部は、キエフがなにかを作ろうとしている可能性があると疑っているんだ。だから、しっかりとくっついて日報を上げてほしい。

キエフが釘を打っている。具体的にどんな釘を打っているのかを先輩社員は教えてくれなかった。

釘を打ち、なにかを作ろうとしている。

いったい、なにを作ろうとしているのか。

2

二階堂は、トウキョウマンションの十階にある〝十戒〟という宿に一ヶ月間滞在することになった。三階より上は住居エリアになっているが、部屋を改造して宿にして、怖いもの見たさのバックパッカーなどを泊めている。

シューズインクローゼットだった空間の前に小さなカウンターが設置してあり、そこが受付だった。小太りの中年男性が紙巻き煙草を吸っていた。金額を提示され、一ヶ月分の費用を前払いする。これは管理会社の経費だった。

鍵を渡される。〝3〟という番号が書かれたキーホルダーが付いていた。同じ番号が振られた扉を開けると、ベッドだけが置かれた五畳ほどの部屋だった。掃除は行き届いているようだが、壁紙などは黄ばんでおり、破れも見られた。

廊下に戻る。4LDKの部屋を改造して、個室を作っているようだ。ここで一ヶ月過ごすのかと落胆しつつ、仕事を全うしなければならないと自分を奮い立たせる。短期間に転職を繰り返してようやく拾ってくれた会社を解雇されるわけにはいかなかった。

先ほど、先輩社員から電話があった。仕事を頑張ってくれという内容と、キエフをしっかり見張るようにと告げられた。

ゆっくりと息を吐く。

貴重品は肌身離さず持っていないと盗まれるというのが、明明からの助言だった。着替えなどが入った鞄を置き、財布の確認をしてから部屋を出る。

エレベーターで一階に降りる途中、三階で止まり、少年が乗り込んでくる。

「こんにちは」

二階堂が声をかけると、少年は胡散臭《うさんくさ》いものでも見るような視線を向けてくる。

「おじさん、変態?」

「違う」

即応すると、少年は笑う。

「冗談冗談」

そう言った少年は、楽しそうな様子だった。しばらく笑いが尾を引いている。

悪名高いトウキョウマンション。そこには、子供の姿が不思議と多い。

トウキョウマンションは、未成年を対象とする犯罪については厳しいという話だった。成人の売春は経済活動として認める一方、未成年を売り買いするのは禁じられているようだ。明確なルールが提示されているわけではなく、そういう土壌なのだと先輩社員は言っていた。ただ、薬物の運び屋を担っている子供はいるということだった。善悪の線引きが曖昧だと二階堂は思う。

このマンションにいる子供たちは、いわば訳ありだ。捨てられた子を育てる児童養護施設もある。外の世界で弾《はじ》き出され、行き場のなくなった子供たちが住んでいるとも聞く。日本にいることが許されていない子供もいるだろう。事情はさまざまだろうが、大人の都合で振り回される子供に罪はない。

普通なら悲観すべき立場にいる子供たち。でも、ここは過ごしやすい場所なのかもしれない。

実際にトウキョウマンションにいる子供を見て、楽しそうだと感じる。子供たちは、安心してトウキョウマンション内を駆け回っているように見える。最近、公園で遊んでいる声が五月蠅いとクレームを入れ、公園が廃止になったというニュースを見た。そのニュースを見たとき、外の世界では、子供たちが思い切り遊ぶことのできる場所が減っているのだと思ったばかりだった。

「おじさん、ここの人じゃないでしょ。旅行？」

二階堂を見ながら訊ねる。今日はスーツではなく、Tシャツにジーンズというラフな恰好をしていた。今後、キエフに同行する際は常に普段着を着ることになっていた。

「いや、仕事だよ」

「どんな？」

そう問われ、なんと答えようかと思っているうちに、エレベーターが一階に到着する。

少年は、自分が発した質問に関心がなかったのか、回答を待たずに続ける。

「今の仕事が嫌になったら言ってよ。いくつか紹介してもいいよ」

そう告げた少年は、リョウタと名乗る。三階にある児童養護施設に行けば、仕事を斡旋してくれるらしい。

「やりがいもあるし、普通の人生じゃ得られない経験もできるよ。多少は、仕事内容も選べる。給料は歩合制だけど」

人材派遣会社の人みたいだなと苦笑いを浮かべつつ、ふとした疑問を口にする。

「そういえば、さっき非常階段で少年を見かけたんだけど」

年恰好はリョウタと同じくらいだった。

二階堂は、ノートを二冊置いていたことと、閲覧料が千円であることを伝える。

「……閲覧料？」

首を傾げたリョウタだったが、すぐに思い当たったらしい。

「それはあれだよ。トウキョウマンションの歴史が書いてあるやつ」

「歴史?」

「そう、歴史」リョウタは続ける。

「トウキョウマンションで日々起きていることを書いて、それを歴史書ってことにしているみたいだよ。あいつは、史実って言っている」

――史実。歴史上の事実。

「その少年も、児童養護施設の子?」

二階堂の問いに、リョウタは首を横に振る。

「親がいるよ。でも、仕事で忙しいみたい。ずっとトウキョウマンションに住んでいるみたいだけどね。仲良くないし。何度か話しかけているんだけど、全然話そうとしないから、名前も分からない」

「小学校には通ってないの?」

「どうだろ。通っているかもしれないけど、このマンションには不法滞在の子供とかもいるから」

リョウタは当然のように言い、説明を加える。

トウキョウマンションでは、親がいない子供は児童養護施設に入ることになっており、ビザが切れているなどの不法滞在をしている親の子供は、マンション内の〝小学校相当〟の教育施設に通っているらしい。〝中学・高校〟相当の教育施設もあるという。

さながら、マンションが一つの世界のようだなと思う。

また、本人が望めばトウキョウマンションを出ることもでき、そのサポートまであるらしい。

「歴史書を作っている理由は知ってる？」

問いながら、どうしてあの少年のことを深く聞きたいのか不思議に思う。

おそらく、あんな年端もいかない子供が非常階段の踊り場に座り、自作の歴史書を目の前に並べている姿が印象的だったからだろう。

「仕事に決まってるじゃん」

「もしかして虐待とか、されてる？」

言ってから、安直な理論だと思い至る。お金を稼がなければならない理由と虐待が紐付くとは限らない。

リョウタは首を傾げる。

「んー、虐待はないはずだよ。それは管理人が厳しく取り締まっているから。このマンション、子供の虐待とかには厳しいし、その兆候があればすぐに管理人が介入するから。僕たちは、キエフのルールって言ってる」

それが当然のことであるように言う。

キエフのルール。

トウキョウマンションは、薬物売買や管理売春が普通に行なわれている。また、子供を運び屋として使って商売している人間もいる。反面、児童虐待や、未成年が絡む売春といった犯罪行為全般は固く禁じられていた。殺人や、それに発展する恐れのあることも御法度《ごはっと》だった。

キエフの線引きが見えない。トウキョウマンションは治外法権と言われており、日本の法律は適用されないと言われている。独自のルールで運営されているトウキョウマンション。その目的はなんなのか――。

そこまで考えて、深読みしすぎかなと二階堂は思う。

「それに、ここのマンションの子供たちの多くは仕事をしてるよ。お金を稼いで、それでお菓子を買ったりしてる。勉強もするけど、仕事も同じくらい重要なんだ」

リョウタは手を上げる。

「僕はこれから仕事があるから。じゃあね」

そう告げたリョウタは、リュックサックを背負い直して去っていった。

年端《としは》もいかない子供が働くことが良いのかは分からない。ただ、トウキョウマンションでは、生きるために必要なことなのだろう。

背中を見送った二階堂は、ロビーを横切って管理事務所に向かう。合鍵を借りていたので、インターホンを押さずに事務所内に入ることができた。

一つ目の扉を開けようとしたとき、弾痕のようなものが複数あることに気付いた。恐る恐る穴に指を触れる。冷たい。なにか別の痕だと自分に言い聞かせながら、二つ目の扉を開けた。

事務所内に入ると、防犯カメラの映像が映っている大量のモニターが並べられている。その前に、キエフが一人座っていた。

二階堂が入ってきたのは気付いているだろうが、振り返ろうともしなかった。

「これから一ヶ月、よろしくお願いします」

頭を下げる。反応はない。キエフはモニター画面を切り替えている。なにをそんなに熱心に見ているのだろうかと気になり、二階堂も映像に目をやる。五十台近くあるモニター。一つの画面は四分割され、それぞれに違う映像が流れている。マンション内のあらゆる場所を見ることができるようだ。

「ほかの方は？」

「それぞれ、仕事をしている」

「キエフさんは、仕事をしないんですか？」

背中に向かって投げかける。言ってから、少し挑発的だったかと後悔したが、撤回するのも妙な感じになってしまう。

しばらく反応のなかったキエフだったが、ゆっくりと椅子から立ち上がった。そして、振り返る。

視線だけで人を殺したことがあるのではないかと本気で考えてしまうほどの、眼光の鋭さだった。

「私の仕事は、このトウキョウマンションの管理をすることだ」

淡々とした口調で続ける。

「管理できているのなら、仕事は遂行できているということだ」

有無を言わさぬ圧力を感じた二階堂は、視線を外して床を見る。

キエフの言っていることはもっともだ。等級外の物件は、非常に管理が難しい。住人のほとんどが訳ありで、犯罪者の流入も多く、法律から逸脱した商売が横行する。だからこそ、相応の人材が配置され、管理運営がなされる。

特にこの物件は、日本の管理会社が対応不可能となったマンションで、権利者もぐちゃぐちゃになっている。ここには犯罪組織も存在する。実質、二階堂が入った会社以外には管理できない物件と言っても差し支えないほどの難所だと先輩社員から聞いていた。

管理事務所を出て、前を歩くキエフを見る。

背丈が高く、身体が細い。それでも頑強な体軀だと分かる。見せかけの筋肉などはない。なにかしらの目的のために鍛え上げられた身体のように思える。

一歩一歩の歩幅が大きいのか、どんどん引き離されていく。

小走りで追いつき、声をかける。

「どこに行くんですか」

キエフの歩みは、ただ漫然と歩いているわけではなく、目的に向かって直線を描くような進み方だった。

問いに答えないキエフはエレベーターに乗り込む。二階堂も慌てて続く。

キエフが〝23〟のボタンを押して、扉が閉まった。モーターの駆動音を聞きながら、階数表示ランプの数字を見る。途中で止まることなく、二十三階に到着した。

エレベーターを降り、廊下を進む。そして、二三〇五号室の前に立ち、インターホンも押さずに入っていく。

ここが、キエフの住居なのだろうか。

玄関周りの装飾は、かつて高級マンションだったことを思わせる造りをしていた。

廊下を抜け、リビングに至る。そこに、白衣を着た一人の男が椅子に座っていた。髪がぼさぼさで、目の下が黒ずんでいる。一見して疲労困憊している様子が窺《うかが》えた。そして、荒《すさ》んだ雰囲気を醸し出している。

男は、缶コーヒーをテーブルに置く。

「彼は？」

二階堂を睨みながら問う。その視線に怯むが、瞼《まぶた》が閉じそうなのを堪えているだけだと分かって安心する。

「気にするな。害はない」

キエフは二階堂を一瞥してから言い、別の話題に切り替える。

「それで、クランケたちの容態は？」

クランケという言葉を聞き、すぐに意味が出てこなかった。その間に、話が進む。

「小康状態だな」

「見せてもらって構わないか？」

その問いに沈黙した男は、ゆっくりと立ち上がった。

「……感染の覚悟はしておけよ」

男の言葉を聞いた二階堂は、そこでようやくクランケの意味を思い出す。

〝患者〟という意味だ。

男に連れてこられたのは、別の階だった。

鍵のかかった親子扉を開けると、二十畳ほどの空間が現れる。一面がガラス張りになっており、外には東京湾を望むことができる。

ランニングマシンやエアロバイクが置いてあっても不思議ではない。ただ、今あるのは台車に載ったマスクや防護ガウン、そして、薬の錠剤や注射器だった。

部屋の隅に、透明のビニール袋が三つ積まれている。中には、黒ずんだタオルが入っていた。まるで、血を拭った後のようだ。

「あまり近づくな。血痰を出す患者がいるからな」

男の指摘に驚いた二階堂は、飛び退いて体勢を崩し、尻餅をつく。

そのとき初めて、部屋が二つに仕切られていることに気付く。パーティションの上が空いている欄間《らんま》タイプだったが、今はそこがビニールで密閉されていた。

パーティションには扉が一ヶ所あり、区切られた空間への往来が可能な造りになっている。もともとこういった構造だったのか、後づけなのかは分からなかった。

換気扇のファンが回るような音が耳に届き、目をすがめる。緩急のある音。いや、音ではない。声だ。唸《うな》るような声。

「……ここ、なんですか」

異様な雰囲気に気圧されながら訊ねる。

その問いに答える代わりに、男は仕切りの向こう側を指差し、口を開く。

「覗けば分かる」

パーティションを行き来する扉の上方はガラスがはめ込まれていた。

恐る恐る、ガラスの向こう側を覗き込む。三十畳ほどの空間には、スチール製の簡易ベッドが敷き詰められていた。ベッドの約半数に人が寝ている。苦しそうに咳《せき》をしている人も見受けられた。即応の入院施設のようだ。

「ここは昔、展望台とフィットネスジムに使われていたエリアだ。逃げ出さないようにするため、こちら側から鍵をかけられるよう改造している」

男は淡々とした声を発する。

「小康状態だと言っていたが、快方に向かっているのか？」

キエフの問いに、男は肩をすくめる。

「なんとか踏ん張っている。崖《がけ》っぷちでな。患者によって、症状の度合が全然違う」

「原因は？」

「不明のままだ」

「なんとかできないのか？」

「裏ルートで薬品を調達しているが、原因が分からないと適切な処置ができない。外の病院にかかれる奴はいないから、俺がなんとかするしかない。一応、エルタワーからこっちに引っ越してきた医者も協力してくれることになった。あいつ、看護師を三人も抱えてやがった」

「感染経路はこちらでなんとか探る。患者は鬼に任せる」

キエフは男に告げる。

鬼と呼ばれた男は返事をせず、再度肩をすくめただけだった。


キエフと一緒に部屋を出た二階堂は、不安な面持ちをキエフに向ける。

「さっきの方、医者ですか？」

二階堂は問いながら、ポケットから手帳を取り出す。本社への報告事項は、トウキョウマンションの出来事を記録するほかに、キエフの動向を探ることだった。当然、会っている人物も明らかにするのが望ましいとされている。

鬼と呼ばれていた男は白衣を着ていたし、言動が医者のようだったので間違いないだろう。ただ、医者と鬼。イメージが一致しない。

「似たようなものだ」

「鬼と呼ばれているんですね。そう呼ばれる理由とかあるんですか？」

間抜けな質問だなと自覚しつつ訊ねるが、キエフに答える気はないらしい。完全無視だった。

「……あそこにいた患者の方、どんな病気なんですか」

めげずに聞く。すると、キエフは視線を向けてきた。

「肺炎だと聞いている」

その言葉を聞いた二階堂は安堵する。肺炎なら、そう大事に至らないだろう。ここの住民は、不法滞在も多いと聞く。日本の医療機関に行けない事情もあるのだろうと推測する。

キエフの後ろについて管理事務所に戻ると、管理会社の人間が勢揃いしていた。

トラブル対処要員の明明と大歩とキエフ。設備担当のブラウン。通信インフラなどを担当する奄美。

皆、名前は自称であり、彼らの素性は管理会社も把握していない。では、なぜここで働いているのか。人それぞれに事情は違うだろうが、一説には、キエフが独自にリクルートしたということだった。

キエフの顔を認めた彼らは立ち上がり、移動する。向かった先は、事務所の奥にある会議室だった。

部屋の前面にあたる場所にある電子ホワイトボードには、数字やグラフが書かれていた。

「状況は悪化しているんですか？」

最初に声を発したのは明明だった。

キエフは僅かに顎を引いた。

「一般的な肺炎のような症状だ。ただ、肺炎になった原因は特定できていない」

「やはり、感染症ですよね？」

不安そうな声色だった。

「発生周期を見れば、感染症の可能性が高い」

キエフは、電子ホワイトボードの表示を切り替える。そこには、波線グラフが映し出されていた。横軸が日付、縦軸が患者数だと一目で分かった。

これまで、大きな波が二回。横軸を見る。起点が二ヶ月前。そして、ほぼ一ヶ月に一度のペースでグラフの波が高くなっている。つまり、一ヶ月に一度、複数の患者が発生しているということだ。

一回目の波で、十人の感染者。二回目がほぼ倍の十八人。今のところ二十八人。

キエフは続ける。

「多少の前後はあるだろうが、ほぼ一定の潜伏期間を経て発病したとなれば、やはり原因となるなにかが、この波が高くなる前で発生していると考えられる」

「でも、こんな綺麗な波ってのも妙じゃないですか？」ブラウンが口を挟む。

「一ヶ月に一度、三日間くらいで患者が発生して、すぐに沈静化している。普通、感染症なら緩やかなカーブを描くはずだ」

「肺炎の症状を起こした患者が見つかり次第、隔離している。そのため被害が抑えられている可能性もある。ただ、ブラウンが言うとおり、妙なのは間違いない」

一拍置いて、続ける。

「肺炎の原因の多くは細菌感染だ。さまざまな菌があるが、もっとも多いのは肺炎球菌。そしてインフルエンザウイルスやクラミジアといった微生物でも発症する。ほかにもマイコプラズマや黄色ブドウ球菌といったものも原因となる。こういったものが口や鼻から侵入すると、最終的に肺胞に到達して肺炎が引き起こされる。特に体力が低下しているときに感染しやすいという特徴がある」

説明を聞いていた二階堂は、ずいぶんと詳しいなと思いながらキエフを見る。相変わらず、表情に乏しく、なにを考えているのか読み取ることができない。

肺炎の原因は、菌やウイルス。つまり、トウキョウマンション内にこれらが蔓延《まんえん》しているということか。

そう思い至った二階堂は、咄嗟に口を手で押さえたが、そんなことをしても無駄だと諦め、手を下げる。

「ウイルスのようなものが蔓延していたとして」ブラウンが続ける。「さっきも言ったように、一ヶ月に一度、そして三日間くらいに集中して発症者が出ている。つまり、患者は一定期間に、どこかで集中的に感染しているということだ。蔓延していたら、このグラフの波はもっとぐちゃぐちゃになるはずだ」

ブラウンの主張に反論する者はいなかった。

グラフを見ると、発症者が三日間ほどに集中しており、その前後の発症者はいない。不思議だった。

「まさか、エルタワーの住民がここに入居したのと関係があるのでは?」

明明の言葉に、ブラウンは眉間に皺を寄せた。

「関係って、どんな関係だ」

「たとえば……肺炎の原因になるものを撒いたとか」

自信がなさそうな口調。

エルタワーの住人が肺炎になる菌やウイルスを撒いた可能性。

先ほどキエフは、発症者をすぐに隔離していると言っていた。感染者を上手く隔離できていたとしたら、感染爆発を抑えられているのはあり得ることだ。

「根拠がない」

ブラウンが断ずると、今までビール瓶を持っていたレッドネックが冷笑を浮かべる。

「まぁ、エルタワーの住人が入ってきてからこんな事態になったんだ。疑ってもいいと思うがな」

「最初は衝突もあったが、今は安定しているだろ」

「なんでそんなに元エルタワーの住人の肩を持つんだ？　もしかして、エルタワーの奴と付き合っているのか？」

レッドネックの顔がにやつく。なにかを知っている口ぶりだった。

ブラウンはニコリともせず黙殺する。

「あらゆる可能性を考慮しつつ、この事態に対処するつもりだ」

キエフの冷たい声に、皆の背筋が僅かに伸びる。

「ほぼ一ヶ月に一度、感染の波が来ている。この間隔が保たれるのなら、次の波がそろそろやって来るはずだ」

その言葉を受けた二階堂は、波線グラフを見る。今が、ちょうど一ヶ月だった。再び、二階堂は手で口のあたりを塞いだ。

キエフは一定の歩調で歩く。人混みでも接触することはなく、足取りが遅くなるわけでもない。大股歩きで威圧しているわけでもない。とても綺麗な歩き方だった。声も発しない。それでも、自然と通行人が道を譲る。道が作られていくようだった。

天に突き刺さるように伸びるキエフの背筋を見ながら、ため息が止まらなかった。

トウキョウマンション内には、肺炎を引き起こすウイルスや菌が蔓延している可能性がある。しかも、人為的に散布している疑いもあるのだ。

逃げ出したい。その考えが頭の大部分を満たしていたが、その隙間には、この仕事から逃げることができないという事実が横たわっていた。

短期間に二度も転職している。奨学金の返済もあるし、遠方に住む母親に仕送りをしなければならない。特に、母親はシングルマザーとしてずっと働きっぱなしだったが、先月怪我《けが》をしたため仕事量を減らさなければならなくなった。そのため、仕送りを増やしたいと思っていた。

ため息。

昨晩、報告の電話の中で先輩社員に事情を説明し、この業務から外れたいと告げたが、業務を途中で放棄すると解雇になるということだった。勤めている管理会社は中国資本だからか分からないが、非常にシビアなようだし、なにより試用期間中だ。適性なしと判断される可能性が高いという。

給料はかなり良い。仕送りのことを考えても、この職を手放したくない。

肺炎の恐怖と給料を天秤にかけ、結果、このまま報告業務を続けることにした。

マンション内の中国雑貨店で買ったマスクがずれたので、位置を調整しつつ、昨日の会議の内容を思い出す。感染源を突き止めるということで一致し、今日から動き出すことが決まった。二階堂はキエフに同行することになった。会社への報告資料を作成する必要があるし、トウキョウマンションの管理人に付いていれば危険は少ないだろうという判断だった。

二階堂は、スマートフォンを取り出した。昨日、ニュースやネットをチェックしたが、東京都内で肺炎が流行しているような情報はなかった。つまり、感染はトウキョウマンション内だけで起きているということだ。やはり、故意に原因物質を撒いたバイオテロなのかもしれない。

「なにか、感染源を特定する当てはあるんですか」

二階堂が発した問いに、キエフは冷めた視線を向けてくる。

「病気というものは、一見すると偶然のように思えるかもしれない。ただ、病気の原因にはロジックがあり、理由がある。殺人事件と同様に、それは解決されるヒントを残しているものだ。我々は、病気をもたらした犯人を辿る。辿り着ければ、解決できる」

そう告げたキエフは、迷いなく進む。

二階堂は首を傾げる。病気をもたらす原因を、殺人事件の犯人に置き換えることに新鮮さを感じつつも、共通点がいまいち見えてこなかった。

「感染源の特定も、管理人の仕事なんですか」

問いつつ、到底そうは思えなかった。管理人の職責を超えている。

キエフは無言だった。二階堂はそれを、肯定の意と捉える。

「……トウキョウマンションって、犯罪の総合デパートみたいなものですよね」

「なにが言いたい」

「つまり、このマンションでは犯罪とされていることが日常的に行なわれています。そういったものは放置しても、感染症は看過できないんですか。こういったことは、それこそもっと大きな機関に頼んだほうがいいんじゃないですか」

反感もあって訊ねる。事前に感染症が発生していることを教えてもらえていたら、管理会社は派遣の時期をずらしてくれたかもしれなかった。すでに自分が感染者になっている可能性があるのだ。二階堂は、額から流れた一筋の汗を手で拭う。感染しているかもしれないという恐怖心に目を背け、怒りで包んだ。

キエフは、小馬鹿にするように鼻を鳴らす。

「私は、基本的にはマンション内の出来事に関与しない。関与するのは、トウキョウマンションの秩序が乱れる場合のみだ」

「……感染症は、秩序が乱れるということですね」

トウキョウマンションの秩序を守る。これこそが、キエフの仕事。ただ、秩序の基準が二階堂には分からなかった。また、どうしてそれほどまでにキエフの言う秩序を守ろうとしているのかも不明だ。

——管理人の仕事だから。

そう答えが返ってくるのを予測するが、その裏に別の理由が隠れているような気もした。トウキョウマンションを管理する意味——。

本当の理由があったとしても、教えてはくれないだろう。

二階堂は、昨日の会議で配られた図面を確認する。トウキョウマンションの平面図がフロア単位で羅列されており、赤い点がプロットされている。

「バイオテロを仕掛けた犯人が、患者が住んでいる場所に原因物質か菌を撒いたってことですかね」

言いながら、そんなことは考えづらいと思う。

赤い点は散らばっており、集中してもいないし、規則性もない。

昨日、キエフが言った言葉が蘇る。

——原因を見つけるための基本は、感染経路を辿ることだ。キーパーソンを捜し当てるために、場所や時間を確認する。証言を整理し、その当時の状況と照らし合わせるのは、犯人を追い詰める捜査活動と同じだ。

言いたいことは分かるが、本当にそんなことができるのだろうか。

「このプロット図で、なにが分かるんですか」

「ロンドンでコレラを突き止めたジョン・スノーという医者は、ロンドンの地図上に発症箇所をプロットして、原因をある井戸の水だと突き止めた。同じことをしているだけだ」

「でも、規則性が感じられないじゃないですか」

散布された点をいくら眺めてみても、規則性は見えてこなかった。

この図は患者の住居をプロットしているが、一人一人の行動パターンの調査も行なっているらしかった。

また、原因物質の自然発生を疑ってはいるものの、人為的な感染の可能性も排除していないということだ。

原因が人為的な場合、その犯人を見つけるということか。

唐突に歩みを止めたキエフは、ポケットから携帯電話を取り出した。着信があったようだ。短時間の通話を終えたキエフは、進路を変える。

「なにかあったんですか」

返答はなかった。


トウキョウマンションを出たキエフが向かったのは、海に面する遊歩道だった。トウキョウマンションは、海沿いに建っている。エントランスを出て五分ほど歩けば海に突き当たる。

海を背にするようにして、ブラウンが立っていた。作業着を着て、リュックサックを背負っている。

「この場所、あんたの言っている条件に当てはまらないか?」

指差した先では工事が行なわれていた。

工事の看板が掲げられている。

「……緑化工事」

文字を読む。防風を目的にした耐潮性《たいちょうせい》の高い種類の樹木を植える工事をしているらしい。

「ほら、あんた言っていただろ。いつもと違うことが行なわれている場所を探すべきだって」

ブラウンは緑化工事の現場を顎で指し示す。

「あれだろ。感染症の原因となる病原体が土壌の中にあって、掘り起こされたときに風に乗ったり、齧歯類《げっしるい》とか鳥とかが散布させたってやつに当てはまるだろ?」

ブラウンの指摘どおり、掘り返された場所の周囲には、土が盛られている。

どうやら、キエフが事前に管理会社の人間に対して病原体の発現パターンを伝え、指示を出していたようだ。

再度、掲げられている工事看板を確認し、目をすがめる。

「……でも、着工期間は先週からですよ」

トウキョウマンションで肺炎発症者が出たのが二ヶ月前のことだ。

その指摘に、ブラウンは苦々しい顔になった。

「土壌改良とかもあるだろうし、今回の工事とは別の作業をしていたかもしれない」

言いつつ、自信がなさそうに語尾をすぼめる。

「良い観点だ」キエフは頷く。

「発症者が出る前に、なにかしらの作業をやっていたか調べてみよう。引き続き、確認作業に当たってくれ」

キエフはねぎらいの言葉をかけてから去っていく。緑化工事は原因ではないと判断したのだろう。

後に続こうとすると、背後から声をかけられる。

「おい」

呼び止められた二階堂は振り返ると、ブラウンは渋い表情を浮かべている。

「お前、キエフの様子を監視しに来たんだろ？」

「監視……」

管理会社にレポートを提出する業務をしているだけだと否定しようと思ったが、止める。監視と取られても仕方ないし、実際に監視をしているようなものだ。

返事を待たずに、ブラウンは口を開く。

「まぁいい。ただ、今回は不運だったな。妙な感染症騒ぎの渦中に来てしまって。せいぜい、キエフの役に立つことだな。生きて帰りたければ」

捨て台詞《ぜりふ》を吐くと、キエフとは別の方向に歩き出した。

——生きて帰りたければ。

こんな台詞、日本で生活していれば冗談と捉えるものだ。ただ、トウキョウマンションでは、その言葉が重くのしかかる。

身震いした二階堂は、小さくなったキエフを追う。

トウキョウマンションに戻ると、すぐに異変に気付いた。

騒然としていた。叫び声が交錯する。火事かとも思ったが、煙も臭いもない。逃げ惑っている人々を見ると、一定の法則を見出す。

なにかから逃げている。

そのなにかが、近づいてくる。

「キエフ!」

大声を発したのは、ロビーにいた明明だった。混乱と困惑、そして殺気を漲《みなぎ》らせている。手にはナイフが握られていた。刃に血は付着しておらず、使用前だと分かる。

「どうなっている」

キエフがそう発した瞬間、人の波は左右に分かれ、一人の男が現れる。

その男は、奇妙な体勢で立っていた。だらんと両腕を下げ、首も横に倒れている。膝も曲がっており、かろうじてバランスを取っているように見えた。目が虚《うつ》ろで、顔色も悪い。

まるでゾンビだと二階堂は思った。

そのとき、ゾンビのような状態の男が、手をバタバタと振り回しながら向かってきた。速度は速くないが、走っている。

逃げ出そうとした二階堂の前に、キエフが立つ。

勝負は一瞬で決着した。

飄々《ひょうひょう》とした立ち回りで関節技を決め、いとも簡単に制圧してしまう。床に押さえ込まれた男は、涎《よだれ》を垂らしながら喚き散らしているが、抵抗する力は弱い。

瞬く間の制圧に、二階堂は惚《ほ》れ惚《ぼ》れした。そのとき、明明の叫ぶ声が聞こえてきた。

「一人じゃない！」

その言葉が耳に入った刹那。背後の気配に寒気を覚え、振り返る。そこに、女がいた。

取り押さえられた男と同様に、脱力したような、アンバランスな体勢をしている。

なにかに浮かされたような目を向けられた二階堂は逃げようとするものの、身体が動いてくれなかった。

女の瞳に、一瞬生気が戻ったような気がした。ただ、それはなにかの光を反射しただけかもしれないと考え直す。

襲いかかってくる女に為す術もなく、二階堂は腕を噛まれる。上擦った叫び声を発した二階堂は驚愕し、視界がブラックアウトした。


破裂しそうなほど脈打つ心臓の痛みに飛び起き、息を大きく吐き出した。ひどく汗をかいていた。

周囲を確認する。

そこは、トウキョウマンションの管理事務所だった。どうやら、噛まれたショックで気を失ったらしい。頭痛がする。倒れたときに頭を打ったのだろうか。

事務所の隅に置かれているソファーに横たわっていたからか、身体も痛かった。

側頭部を手で押さえ、顔を歪める。

――あのとき、背後にゾンビのような女がいて、襲いかかってこられて、腕を噛まれて……。

そこまで記憶を辿った二階堂は、大きく目を見開いた。

「噛まれた！」

慌てて腕を見て、長袖のワイシャツをまくって確認する。

二の腕部分が赤くなっていた。歯形の内出血が起きているが、皮膚は破れていなかった。

あらゆる角度から傷の確認をしつつ、襲ってきた女のことを考える。

キエフに取り押さえられた男と同じだった。血を流しているわけでも、内臓が飛び出ているわけでもなかった。ただ、あの歩き方と、襲ってくる動き。

あれは、どう考えてもゾンビそのものだ。

ゾンビが現実のものではないというのは重々承知している。しかし、映画やドラマで観たとおりだった。

最近は、ゾンビといってもさまざまだ。歩くゾンビや走るゾンビ。この前に観た映画では、組み体操のようなことをして壁を乗り越えていた。

先ほど襲ってきた女は、走るゾンビに位置付けられるだろう。

「……感染、してないよな……というか、あれ、ゾンビだよな……」

内出血の部分を擦りながら二階堂が呟くと、背後から笑い声が聞こえる。

「するかよ。噛まれて感染なんて」

レッドネックだった。片手にビール瓶を持っている。

「そもそも、ゾンビなんてこの世に存在するわけねぇだろ」

「でも、実際にゾンビが……」

言いつつも、二階堂は首を傾げた。ゾンビの定義がよく分からない。ただ、あれはどう見てもゾンビだった。そんな気がしてならなかった。しかし、ゾンビとはなにかと問われたら、答えられない。

「ゾン……暴れ回っている人は、あの二人だけですか」

レッドネックは鼻を鳴らしただけで、向こうへ行ってしまう。

代わりに、明明が顔を覗かせる。管理事務所の中には、レッドネックと明明の姿しかない。

「……さっきの男女は、どうなりました？」

質問をすると、気の毒そうな表情を浮かべる。

「キエフが男のほうを取り押さえたのはいいけど、女のほうは人を襲い続けて四人が噛まれた。あんたを入れてね」

「……三人、どうなったんですか？」

「喰《く》い殺された。でも、あんたは噛まれただけ。生き残ったのもあんただけ。不思議だね。これからゾンビになるんじゃない？」

憐憫《れんびん》のこもった視線を向けられた二階堂は、身震いする。喰い殺されなかった理由が分からない。それが、一番怖い。

傷を見る。先ほどよりも内出血が酷くなっている気がする。心なしか身体も熱い。目が霞《かす》み、指先が震える。

――ゾンビになってしまうのか。

恐怖心に身がすくむ。

「冗談」

その声に、二階堂は顔を上げた。

明明が腹を抱えて笑っている。綺麗な歯並びだった。

「嘘だよ。あんたを襲った女は、すぐに確保された。ほかに襲われた人もいないし、ゾンビもいない」

言葉の意味を理解できなかった二階堂は瞬きを繰り返し、ようやく自分が騙されていたということに気付く。

ただ、安心はできなかった。

嘘だと言われても、まだ恐怖心が抜けきらない。ゾンビに襲われたという感覚が拭いきれず、身体の中がなにかに侵されているのではないか、もしかしたら明明が安心させるために犠牲者がいないと嘘を吐いているのではないかという猜疑心《さいぎしん》が生まれる。

そもそも、あの男女はまさにゾンビのようだった。腕に残っている歯形を見る。あれは現実なのだ。

「なんだ。疑っているみたいだな」明明は半笑いで続ける。

「人はいつ死ぬか分からないんだ。もう少し呑気《のんき》に生きろよ」

羽根のように軽い口調。

――呑気に生きていけるほど、この世界は甘くない。

その反論を呑み込む。今は、自分自身がどうなってしまうのかということに集中したかった。内出血もどんどん酷くなっている気がして、泣きそうになる。散々だ。短期間で転職を繰り返した。もう後がない。怪しい会社だったが、給料は良い。ここを退職したら、次は確実に収入が減るだろう。まともなところへの就職は難しい。そもそも、今の会社だってまともかどうか怪しい。

先ほど明明が呑気に生きろと言ったが、そうやって生きられたら楽だろうなと考えつつ、そんなことはできないと思う。

そのとき、キエフが管理事務所に入ってきた。後ろに大歩とブラウンもいる。

「それで、ゾンビたちはどうなった？」

ビール瓶に口をつけたレッドネックが声をかける。先ほど、ゾンビなんてこの世に存在しないと言っていたが、そのことは忘れたらしい。

「隔離した。今のところ生きている」

ブラウンが答える。

「ゾンビだったら、リビングデッドだろ？　すでに死んでるってことだけどな」

へらへらと笑ったレッドネックは、満足そうな表情を向けてきたので、二階堂は無視する。

「肺炎症状の患者との因果関係は？」

明明が訊ねる。真剣な声と表情。呑気に生きろという助言をしたのが嘘のようだ。

「肺炎患者と、暴れた男女に因果関係があるのかは確認中だ」

淡々とした口調で告げたキエフは、防犯カメラの映像が映るモニターを一瞥し、事務所内にいる人の顔を見渡した。

「肺炎の原因を探るのが先決だ。引き続き、可能性のある場所を見つけたら連絡してほしい。人的リソースを割いている状況が長引くのは好ましくない。早急に解決したいと考えている」

言い終えたキエフは、大歩を見る。

大歩は軽く顎を引いてから、奥の部屋へと消えていき、段ボール箱を手に持って戻ってくる。中に入っていたのは、スタンガンだった。

「人体生命を守るための電流値限界である５mAに設定してある。暴徒が出たら、これで対処してくれ」

暴徒。先ほどのゾンビの男女のことを指しているのだろう。

そう思った二階堂は、疑問を覚える。

「……さっきのゾンビ化した二人は確保しているんですよね？　ほかにもゾンビが出ると考えているんですか？」

「念のためだ」

キエフは無表情で答える。なにかを隠しているのではないかと疑ったが、表情から判別することはできなかった。

　スタンガンを装備した者から順番に、管理事務所を出ていく。通常の業務は一時中断し、肺炎の原因特定に注力することになった。

「ほら、お前も持っておけよ」

　レッドネックに投げられたものを受け取る。スタンガンだった。

「サイドにあるスイッチをオンにして、ボタンを押す。これだけだ」

　電流がばちばちと弾ける音と、小さな稲光。思ったよりも迫力がなかった。

「……これ、本当に効果あるんですか」

　大きめのスマートフォンを分厚くしたくらいのサイズだった。重量はあるが、心許ない。

「ゾンビが人間なら効果はあるだろうな。お前で試してやろうか？」

　スタンガンの先を向けられ、二階堂はのけぞる。

　薄ら笑いを浮かべたレッドネックは、右手にビール瓶を持ち、スタンガンに付いているストラップを左手に引っかけた状態で管理事務所から出ていった。

　二階堂は、再びキエフと同行することになった。

　トウキョウマンションのエントランスに出ると、すぐに異変に気付く。活気が失われていた。人の量が減ったわけではない。ただ、人々の警戒するような眼差《まなざ》しが行き交い、息を潜めている様子だった。マスクをつけている人も多い。それらが折り重なり、重苦しい空気になっていた。

　肺炎患者の発生と、ゾンビ出現の影響が出ているのだろう。

このまま放置していれば、トウキョウマンションの運営に影響が出るだろうと二階堂は感じる。

「ちょっといい？」

声のほうを向くと、明明が立っていた。隣には大歩もいる。

「ゾンビ騒動で忘れてたけど、ちょっと気になるところがあるんだ」

キエフにそう言った明明は、外に向かっていった。

トウキョウマンションを出て、駅の方角に三分ほど歩いたところに、長さ百メートルほどの遊歩道がある。茶色のタイル張りの地面の幅員は二メートルほど。ガーデンアーチが入り口にあった。

ほどよく陽の光を遮っている。散歩道として人気なのか、平日の昼間にもかかわらず、散歩をしている人が散見された。

二階堂は周囲を見渡す。工事をしている様子も、土を掘り返すような作業もされていなかった。いったいなにが問題なのだろうか。

「あれ、原因になりそうかなって」

明明が指差す方向を見る。

ガーデンアーチの上方から、霧状のものが出ている。

「……ミスト発生装置」

散布されるミストを見ながら呟く。

水が蒸発する際に周囲の熱気を奪う気化熱《きかねつ》現象を利用した冷却システムで、要するに打ち水を進化させたものだ。

「このミスト発生装置は五年前に設置されたもので、今年も初夏から稼働したけど、すぐに壊れたみたい。それで部品交換をして再稼働した。その時期が、最初の肺炎患者発生時期と重なっている」

「二回の大きな感染者の波との関連は？」

説明を聞いていたキエフが訊ねると、明明は首をすくめる。

「それは分からない。でも、調べていけばなにか分かるかもしれない」

キエフは頷く。

「噴霧されている水やホースにレジオネラ菌がいた場合、肺の中に簡単に入ってしまうだろう。今回の肺炎は、在郷軍人病《ざいごうぐんじんびょう》かもしれない」

「……在郷軍人病？」

二階堂は眉間に皺を寄せた。

キエフが答える代わりに、明明が呆《あき》れ顔を浮かべつつ口を開く。

「そんなことも知らないのか。在郷軍人……現役を離れた軍人たちの集まりで起こった集団感染のこと。一九七〇年代に、アメリカの在郷軍人大会の参加者が集団で肺炎になったんだけど、その原因となったのがレジオネラ菌。この細菌が含まれた水冷式空調装置の水が飛び散って空気感染したのが原因と考えられている」

「……詳しいですね」

「常識でしょ？」

——そんなこと、普通知らないでしょ。

二階堂は喉元あたりまで反論が出かかったが、なんとか押しとどめる。

明明の年齢は分からなかったが、同年齢くらいだろうと二階堂は推量する。明明は綺麗だった。ただ、雰囲気や表情が殺伐《さつばつ》としており、近寄りがたかった。

「ミスト発生装置か。可能性はある。加湿器の水を替えずに使っていると、カビや菌が発育する。そのことが原因で加湿器肺炎になることもあるからな」

キエフは呟き、無言になる。原因となるものかどうかを吟味している様子だった。

明明の端正な横顔を見ながら、二階堂の頭に疑問が浮かぶ。そして、それを迂闊《うかつ》にも口に出してしまう。

「あの、風ってトウキョウマンションとは逆側に吹きませんか？　海風って、海から陸地に向かいますよね。発生装置のミストが原因でも、マンションのほうには行かないような……」

風は海から陸に向かってくるという知識があった。ミスト発生装置は、トウキョウマンションよりも陸側にある。南西が海に面しているトウキョウマンション。風が吹く方向に無理があるような気がした。

明明の眉間に皺が寄る。反論されると身構えたが、隣からキエフの声が聞こえてくる。

「たしかに、海から陸に風が吹く。ただ、昼間のことだ。夜は陸から海へと風向きが変わる。海《かい》陸風《りくふう》というものがある」

「……そう、なんですね」

二階堂は納得する。風の問題がクリアできるならば、可能性があるだろう。そう思いつつ、風向きを意識して、ミストがかかっていないかを確認する。今は海から陸に風が吹いているので、大丈夫そうだと安心する。

明明と視線が合った。なんとも言えぬ表情を浮かべた明明は、キエフに向き直る。

「……調べたところ、ミスト発生装置の維持管理方法についての指針はなく、水質も十分に把握されていない。噴霧されている水やホースに、レジオネラ菌がいたとしたら、肺の中に簡単に入ってしまう可能性は高いと思う」

キエフは頷く。

「可能性はある。ただ、感染曲線の波と符合しないし、トウキョウマンションだけで起こっている現象との関連を説明できない。今回の肺炎はトウキョウマンション内で起きている。外の世界でも感染が広がっている可能性は否定できないが、今のところ集団で感染しているという話は出ていない。ほかの可能性を探ってほしい」

冷たく言ったキエフは、ミスト発生装置をちらりと見てから立ち去る。

たしかに、ミスト発生装置が原因だったとしたらトウキョウマンション内だけで肺炎患者が多発している理由にはならない。ミスト発生装置の下を散歩している人たちも発症するはずだ。

ブラウンが発見した緑化工事。明明が指摘したミスト発生装置。どちらも原因とは言い切れない。

明明は落胆の色を隠さなかった。肩を落とし、口元を歪めている。原因を突き止められないことが悔しかったのだろうか。見た目がクールなだけに、少し意外だった。

明明に声をかけようとしたが、止める。なにを喋ったらいいのか分からなかった。


そこで、キエフの姿がないことに気付く。

見失った二階堂は、慌ててトウキョウマンションに戻る。ロビーにキエフの姿はない。管理事務所に行ったのかと考え、足を向ける。

その瞬間、何者かに肩を摑まれた。

「え？」

二階堂が振り返ると、見たことのある顔。すぐに思い当たる。〝ケーララの赤い雨〟のパテルだった。いや、瓜二つのグプタかもしれない。

「金魚が日照りで干からびそうな顔をしてるね」

独特の比喩《ひゆ》をしたパテルかグプタは、怪訝《けげん》そうな表情を浮かべる。

「もう忘れたのか？　世界一美味いカレーを提供するパテルだよ」

「……あぁ、パテルさん。どうしたんですか？」

「どうもこうもないよ！」

怒ったように言い、今度は腕を摑んで歩き出す。

「ちょ、ちょっと」

抵抗しようとするが、思いのほか力が強い。

行き先も知らぬまま、引きずられるようにしてパテルに連れて行かれたのは、〝ケーララの赤い雨〟だった。

昼時にもかかわらず、客は一人もいなかった。無理やり椅子に座らされる。そして、注文をしていないにもかかわらずカレーが出てくる。

「出血多量特別サービス。五百円」

パテルは手を差し出す。無料ではないのかと思いつつ、財布から五百円玉を渡した。

キエフを捜さなければという気持ちはあったが、ちょうどお腹も空いていたので、まずは腹ごしらえをすることにした。

相変わらずの辛さだったが、あっという間に平らげてしまった。やはり、ここのカレーは美味しい。毎回五百円なら絶対に通うだろう。

「で、なんか対策はできたの？」

両手をテーブルに置いたパテルが詰め寄ってくる。

「……対策って、なんのですか？」

「あの繁盛店のことだよ！　どうしてあの店だけ人だかり!?　絶対にウラがあるよ！」

パテルは言いながら、店の外側を指差す。

「あぁ、〝春神楼〟ですね」

ここに連れてこられる際に見た〝春神楼〟は相変わらず大繁盛で、店の前に行列ができていた。

「ウラがあるって……あの店の料理の味が美味しいってだけじゃないですか」

「なにそれ。この店のカレーが不味いってことを言いたい？」

すごい剣幕で顔を寄せてきたので、二階堂はのけぞる。

「こ、ここのカレーは美味しいですよ。もちろん。それは保証します」

「当たり前でしょ！　だから対策してって言ってるの！　あっちだけ繁盛！　こっちはしょんぼりっておかしいでしょ！　対策してよ！」

「……なんで僕がそこまでしなくちゃならないんですか」

本音を吐露した。管理会社の人間でも、テナントの客入りに口出しすることはできない。

「カレー食べたでしょ！」

「え、でも五百円支払ったんですけど……」

「五百円だけでしょ！　サービスしたんだから！」

あまりにも理不尽だ。

「……そもそも、パテルさんは〝春神楼〟に行ったんですか？」

「変装してついに食べに行ったよ！　美味しかったよ！　でも列ができるほどじゃない！　なにかあるに決まってる！」

悔しそうに歯噛みをしたパテルは、両手と両足を振り回している。全身で悔しさを表現しているようだった。引き気味にその様子を観察していた二階堂に、パテルは摑みかかった。

「ともかく、しっかりと働いて！　賄賂《わいろ》ぶんの仕事して！」

叫ぶように言ったパテルは、無理やり二階堂を立たせ、店の外に追い出す。

「目標達成するまで、この店のカレーはお預けだよ！」

捨て台詞を言い放ち、店の扉を乱暴に閉めた。

頭を掻いた二階堂は、どうしたものかと思案するが、すぐに止める。対処の仕様がない。〝春神楼〟に目を向けると、店から明明が出てきた。どうやら一人らしい。

近づいて、声をかける。

「……なんか用？」

明明は歩きながら、蔑むような視線を向けてくる。〝春神楼〟で辛いものでも食べたのか、顔が赤かった。

「あの店、美味しいんですか？　いつも並んでいますけど」

歩調を合わせて訊ねる。後ろにある〝春神楼〟を見る。行列は途切れていない。

「普通よりは美味しい」

「値段はどうなんですか？」

「ちょっと高い。そして、信じられないくらい高いものもある」

「信じられないくらい高い……それ、美味しいんですかね」

「さぁね。私は比較的安いのを注文したから」

「高い料理って、なんですか」

「興味ない」

「フカヒレとかですかね。やっぱり。美味しいんでしょうねぇ」

その言葉を聞いた明明は立ち止まる。

「……自分で食べに行けば?」

「時間ができたら、そうします」

本心だった。ただ、いつも並んでいるし、キエフに同行しなければならない。管理会社からは、キエフに同行して報告書を上げることを命じられている。

「あっ」

二階堂は声を漏らす。単独行動になっていることに気付き、一瞬だけ慌てるが、すぐに平静を取り戻した。

いくら管理会社から命じられているとはいえ、四六時中つきまとうわけにもいかない。そもそも、キエフは大した仕事をしていない。巡回したり、防犯カメラを眺めたり、トウキョウマンションの図面を広げたりしているだけで、管理人らしいことをしている様子はなかった。

そもそも、設備や回線の点検はブラウンと奄美が担当しており、治安維持は明明と大歩とレッドネックが担っている。清掃は外部業者が行なっていて、住民から成る管理組合も自治を行なっているらしい。

それらの統括をキエフがしているのだろうが、それ以外になにをやっているのか。

管理会社はそのブラックボックス部分を明らかにする必要性を感じ、右も左も分からない二階堂を送り込んだ。

ただ、自分が本当に役に立っているのか。二階堂自身、分からなかった。

先輩社員いわく、すべてを記録していれば良いということだったが、果たしてそれだけで望まれている成果を出すことができるのだろうか。日々提出している日報も、内容がすかすかだった。

おそらく管理会社は、キエフを危険視している。そのことは先輩社員の話しぶりから判断できたが、なにが危険なのか、どうして危険なのかは分からなかった。

明明は、一階ロビーにある管理事務所の方角に向かって歩いていくので、二階堂も続く。

「あの店って、いつ頃テナントとして入ったんですか？」

「〝春神楼〟のこと？　三、四ヶ月くらい前かな」

「チェーン店じゃないみたいですけど、大盛況ですね」

「トウキョウマンションに出店するのは、まともな企業じゃないから。でも、味は良いし、量もそこそこ。人気店なのも頷ける」

「コスパが良いってことですね。よく、あんな優良なテナントを入れることができましたね」

その問いに、明明は首を横に振る。

「テナントについては、もともとは不法占拠に近い状態だったって聞いてる。権利関係もぐちゃぐちゃだし。それで、キエフが管理人になってから整備して、今の状態になっているらしい。ただ、賃料を支払えなくなったりして消えていくテナントもある。私はよく分からないけど、新しく入る店については管理会社が呼んできているみたいだから、現場はノータッチ。多分だけど」

本部のほうでテナントを選定しているのは知っていたが、あえてそのことを言う必要はないと黙っておく。

二階堂は、明明の横顔を盗み見る。東洋人にしては、彫りが深い。Tシャツから伸びる腕は筋肉質で色白だった。一つにまとめた髪は真っ黒なので、その対比からか余計に肌の白さが際立った。

「なに見てんだよ」

明明に指摘された二階堂は、慌てて顔を逸らす。

風が首のあたりを撫でたような気がした。

唐突に襲ってきた悪寒に、二階堂は身体を震わせる。その原因はすぐに判明した。

視線の先に、人影があった。その人影は揺れている。まるで陽炎《かげろう》のようだ。妙な感想を抱きながら目を凝らす。陽炎は一つではなかった。合計で四人。全員が、ふらふらと揺れている。

「あっ」

そう声を発したときには、四人——四体のゾンビが走って向かってきた。

二階堂は慌ててスタンガンを探す。たしか、尻ポケットに入れたはずだったが、なにも入っていなかった。

「あっ！」

そこで気付く。〝ケーララの赤い雨〟でカレーを食べた際、座るのに邪魔で取り出して、そのまま隣の椅子に置き忘れていた。

「なにしてる！　行くぞ！」

明明の声がしたかと思うと、腕を引っ張られる。

スタンガンを構えた明明は、四体のゾンビとは逆方向に身体の重心を向けている。そこで初めて、逃げようとしているのだと気付く。

「ど、どうして」

戦わないのかと問うつもりだったが、先に明明の声がそれを遮る。

「なにをしてくるか分からない奴が襲ってきたら、逃げるのが一番なんだよ!」

ぐいっと再度引っ張られた二階堂は、ようやく地面から足を引き剝がした。

走りながら、背後を確認する。四体のゾンビは口を大きく開き、涎を撒き散らしながら向かってくる。追いつかれたら喰らわれると感じる迫力があり、まさにゾンビ映画そのものだった。

二階堂たちの逃走と、ゾンビの出現によって、通行人たちは蜘蛛の子を散らすように逃げていく。トウキョウマンションの住人たちは危機回避能力に長けているのか、一瞬で人っ子一人いなくなった。

二階堂の息が上がってくる。運動をしていなかった自分を呪う。四体のゾンビの呻《うめ》き声のようなものが徐々に大きくなってきた。このままでは追いつかれる。すべての力を脚に注ごうと集中するが、無駄な足搔《あが》きだった。どんどん、スピードが落ちていく。

「こっちだ!」

明明の声に弾かれたように身体を震わせた二階堂は、明明が手で押さえているドアを抜ける。

扉が閉まったと同時に、衝撃音。ゾンビたちが扉に体当たりしているのだろう。また、取っ手の部分を摑んで開けようと試みている。闇雲ではなく、思考能力は残っているようだ。

　非常階段へと繋がる扉には鍵がないため、明明は背中を扉に当てて侵入を防いでいる。それを見た二階堂も倣う。

　執拗《しつよう》に扉をこじ開けようとするゾンビたちの振動を背中に感じながら、呼吸を整える。心臓が口から出そうなほど脈打っていた。

「あ、あいつら、いったいなんなんでしょうね」

　扉を叩く鈍い音を耳元で聞きながら訊ねる。同時に、無駄な質問だと思う。明明が、ゾンビの正体を知っているはずがない。

「分からない」

　案の定の回答を口にした明明が続ける。

「キエフはなにかを摑んでいるみたいだけど」

「え？　そうなんですか？」

　意外な情報だった。

　ドンッと、大きな衝撃を背中に感じる。

　背骨が痛くなってくる。明明も同様の痛みに耐えているのか、顔を歪めていた。

「でも、我々に指示が出ていないから、確証がないのかもしれない。それとも、自分だけで処理をしようとしているのかも」

　最初は、その対応を非難しているのかとも思ったが、話しぶりから信頼感を読み取ることができた。

「……明明さんは、キエフさんのことを、前から知っていたんですか？」

「前から？　ここで働き始めてから知っただけ。そして、上司と部下という間柄だから、知っているってほどは知らない」

その口調は無関心を装っているが、なにかしらの感情がこもっているように感じた。

キエフだけではなく、トウキョウマンションを管理する明明たちも、どのような経歴があり、どうやってここに辿り着いて今に至るのか不明だった。キエフが独自にリクルートしたと先輩社員が言っていた。どのような経緯でリクルートしたのか気になった。

このマンションの管理人であるキエフの底が知れない。

管理会社は、キエフの動向を探っている。それは、危険視しているという解釈もできる。それならば、全員を解任すればいい。業務委託を解除して、追い出せばいい。そうしないのは、なにか別に意図があるのだろうか。キエフの動きを気にする理由はなんなのか。狙いはどこにある。

再び、大きな衝撃。呻き声も大きくなってきた。襲ってくるゾンビたちが疲れているようには感じない。対して、二階堂は扉を押さえ込むことに疲弊し始めていた。このままだと、いずれ突破される。

対応策を考えなければならないのに、なにも浮かんでこなかった。

代わりに頭を満たしているのはゾンビという存在だ。

「……ゾンビって、感染症なんですかね」

「映画とかドラマではね」

「でも、実際に現れたら、やっぱり感染症以外に考えられないですよ。肺炎の蔓延とも、絶対に関係ありますって」

確証はなかったが、肺炎とゾンビ出現。偶然とは思えなかった。

明明は眉間に皺を寄せて考える素振りを見せた後、口を開く。

「……感染症かどうか分からないけど、もし感染症だったら、なんとかしたいと思う」

目をすがめた明明の口調には、決然とした意志がこもっていた。

その気迫に呆気に取られていると、明明が苦々しい表情を浮かべる。

「……私の祖国で感染症が起きたとき、官僚たちは混乱し、保身に走ったゆえに無為に死者を増やした上、それを隠蔽《いんぺい》しようとした。非常事態が発生すると、官僚の水準が暴かれる。彼らは自分の地位や身分だけを守りたかった。その結果、為す術のない国民の生命が脅かされる。私が生き抜いてきた地域は、人の命が軽かった。子供の誘拐や人身売買だって普通にあった。不幸が不幸を生み、不幸を脱出するために不正をやって、それが新たな不幸を生むんだ。当時、私はそのことに違和感がなかったが、感染症が流行して、国がきっちりとした対策をせず、人々がどんどん死んでいくのを目の当たりにして、考えが変わった。いつも、割を食うのは弱い者たちだ。体力のない子供が死に、生き延びたとしても親が死んだら路頭に迷い、結果として感染症ではない別のものの犠牲になる。国という単位では、弱い者は救われない」

明明の瞳から光が失われていく。その視線の先に見えているのは、過去のようだった。いったいどんな経験をしてきたのか測りかねるが、価値観が決定的に変わることが起こったのだろう。

二階堂は、なんとなく合点がいった。

ミスト発生装置が原因ではないかと話していたときの表情は、仕事以上のなにかに突き動かされているように感じられた。明明にとっての感染症は、過去の体験の延長線上にあるのだろう。

「だから、私はここに来て、キエフの下で働いているんだ。キエフの力になりたいと思ったんだ」

明明はそう結んだ。

不意に話が終わったことで、二階堂は目を瞬かせる。

話が飛んでいる。

悲惨な状況を体験したから、どうしてトウキョウマンションに来たのか。その間のエピソードがなく、理由が欠如していた。

ここにいる理由を問おうとしたが、明明が先に喋り始める。

「このままじゃ、いずれ扉を破られる」

相変わらずゾンビたちは壁を破ろうと躍起になっていた。

「スマホで連絡はどうですか？　管理会社の人に」

「非常階段のエリアは電波が悪くて連絡できない」

「じゃあ、どうすれば？」

その問いに一瞬思案した明明は、階段を指差す。

「合図をしたら、階段を駆け上がる」

「え？　階段？　どうして？」

二階堂が質問した途端、カウントが始まる。

「三《サン》！　二《アー》！　一《イー》！　行《シ》けっ！」

その声に弾かれるように、二階堂は階段に向かって走り出した。太股《ふともも》を必死に上げて、階段を駆け上がる。

明明も続くが、すぐ立ち止まった。そして、振り返ってスタンガンを構えていた。狭い場所ならば一対一で戦えると考えたのだろう。

扉が開き、ゾンビが襲ってくる——そう思っていたが、現れたのは巨体の大歩だった。

「……どうして」

二階堂の言葉に、大歩は無言で後ろを振り返る。階段を下りた二階堂が様子を確認すると、襲ってきたゾンビ四体が床に倒れていた。

「……殺したんですか？」

その問いを発した二階堂の背後で、弾けるような音が聞こえる。振り返ると、レッドネックがスタンガンを手に立っていた。

「ゾンビだって人間と同じだろ？　これで気絶しているだけだ」

もう一方の手に持っている瓶ビールに口をつけてから、にやりと笑う。

「来るのが遅くない？」

明明が顔をしかめながら文句を言うと、レッドネックは片方の眉を上げた。

「逃げ回っている様子を見て、ちょっと賭けてたんだ。第三コーナーまで逃げ切れるかどうか」

「は？」

威嚇するような声を発した明明が拳を握り、それを見たレッドネックは一歩後退する。

「嘘だよ、嘘」楽しそうな声で続ける。

「ちょうど誰も防犯カメラの映像を確認していなかったんだ。肺炎の原因の調査で忙しいからな。嘘じゃない」

レッドネックの言葉に舌打ちした明明は、倒れている四体のゾンビを見下ろす。

「ともかく、運ばないと」

どこに隠れていたのか、トウキョウマンションの住人たちがぞろぞろと様子を見に集まってきていた。ゾンビたちは今にも動きそうだったので、早く移動させなければならない。両手を縛り、タオルで口を塞いだ。その上で、カゴ台車に乗せることにする。一台のカゴ台車に二体のゾンビを乗せて、エレベーターで十五階に運ぶ。肺炎患者とは別の部屋だった。

誰もいなかった。簡易ベッドが五台並んでいるだけで、医療器具もない。

「……前にいたゾンビは、どこにいるんですか？」

不審に思った二階堂が訊ねる。トウキョウマンションに最初に現れた男女のゾンビがいたはずだ。この部屋に隔離しているのではないのか。

「あ？　それならキエフと鬼が移動させたぞ」

レッドネックが答える。

鬼と聞いて一瞬誰のことか分からなかったが、白衣を着た医者だと思い至る。

「……どこかって、病院とかですか？」

「基本的に、ここの人間は無保険だから外の病院は利用しない。患者は鬼が診る。そもそも、ゾンビがここの住人かどうかは俺には分からないが、どうせロクな連中じゃないだろうな」

「それなら、ゾンビ化した人はどこに？」

「後戻りしないって覚悟があれば、教えるけどな」

冗談とも本気ともつかない顔をする。

ゾンビの行き先。知らぬが仏だと思い、質問は控えることにした。

四体のゾンビをベッドに寝かせる。起きる様子はなかった。念のため、四体のゾンビをベッドに縛り付け、身動きが取れないようにする。

二階堂は額に浮かんだ汗を手で拭う。意識を失っている人を動かすことが、こんなにも大変だとは思わなかった。

暴れ出しても問題ないくらいに固定をした後、起きる様子を見せないゾンビを見下ろした。襲ってきたときはゾンビの様相だったが、こうして眠っている状態だと、ゾンビの特徴はなかった。顔は苦悶するように歪んでいたが、表層的な異変は見られない。

三人は男で、一人は女。全員が若かった。そして、痩せ細っている。

「……スタンガンって強力なんですね」

「そりゃあ、感電死手前ギリギリまで違法改造しているからな」

楽しそうに言ったレッドネックは、スタンガンをひらつかせた。

「あっ！」

貸与されたスタンガンを置き忘れていたことを思い出した二階堂は、急いで部屋を出る。違法改造されたスタンガンを誤って使われて事故が起きる可能性が頭をよぎる。

エレベーターで一階に降りて、駆け足で〝ケーララの赤い雨〟に入る。店内には、客が一人だけいた。以前会ったことのある子供だ。名前はたしか、リョウタだった。

そのリョウタが、妙な擬音を口にしながらスタンガンを振り回していた。スタンガンを振り下ろすと、パテルとグプタが叫び、斬《き》られたようなふりをしている。どうやら、遊んでいるらしい。

その和気あいあいとした雰囲気に笑みを浮かべたのも一瞬で、二階堂は慌ててリョウタの手からスタンガンを奪い取った。

「こ、これ、僕のだからさ」

電源がオフになっていることを確認し、ポケットにしまう。

呆気にとられていたリョウタは、目を瞬かせた後、落胆するように肩を落とす。

「そのスタンガン、高値で売れそうだったのに」

「……拾いものを高値で売らないでよ。というか、スタンガンって分かってるんだ」

「このあたりで普通に売ってるから、そりゃあ分かるよ」

「スタンガンが？」

「うん。だって、トウキョウマンションだもん。武器なら大抵手に入るよ。僕とかには売ってくれないけど」

子供に売るわけがないと考えつつ、トウキョウマンションの一階と二階に武器を販売している場所があっただろうかと思い出そうとする。飲食店や携帯電話販売店、雑貨店といった業態が多い印象だったが、武器を販売しているようには見えなかった。裏に隠しているのか、それとも別のフロアで販売しているのだろうか。

「運動もしたし、カレーでも食べる？」

パテルがリョウタに訊ねる。パテルとグプタは瓜二つだったが、声が僅かに違うので見分けることができた。

「いる。大盛り」

「特大大盛りね！　謎の肉たくさん入れとくよ！」

にこやかな笑みを浮かべ、その表情のまま二階堂を見る。

「そっちも食べる？」

「……いや、さっき食べたばかりなので」

「じゃあ、ラッシーだけ飲んでよ。ケーララの赤い雨特製のラッシー。汗びっしょりかいてるから、美味しいよ」

その言葉を聞いて初めて、喉が渇いていることに気付く。ゾンビに追われたり、ゾンビを運んだり、ここまで走ったりと、近年稀に見る運動量だった。

頷くと、ほとんど間髪《かんはつ》を容《い》れずにグプタがラッシーを持ってきてテーブルに置く。

「特製だよ」

そう言って、店の奥に消えていった。

五百ミリリットルほどは入るであろう大きなグラスに、ラッシーがなみなみと注がれている。

二階堂は半分ほどを一気に飲み、大きく息を吐いた。薄めなのか喉越しも良く、乾いた身体に浸透していくような感覚に陥る。

「喉が渇いているでしょ？　こっちはサービス」

パテルはそう言って水の入ったコップを置いて、掌を差し出す。

「二千五百円ね」

水を飲んでいた二階堂は、それを噴き出す。

「あ！　汚いなこのマーライオン！　ここはシンガポールでも雨季でもないよ！」

飛沫《しぶき》がかかった服を手で拭いながら、独特の表現で怒りを露わにする。

「クリーニング代を請求したいくらいだけど、もともと服が汚れているから、ここは穏便《おんびん》にするよ！　二千五百円！」

「な、なんで二千五百円なんですか」

カレーは千二百円だったはずだ。どうしてラッシーのほうが割高なのか。

「さすがに、ぼったくりが過ぎませんか？」

二階堂が言うと、パテルは激しく首を横に振る。

「ぼったくってないよ！　しっかり適正料金！」

パテルが指差した方向を見る。そこには、大盛りのカレーを頬張るリョウタがいた。

一瞬、なにを言っているのか分からなかったが、すぐに合点がいく。

「僕の奢《おご》りってことですか？」

半分ほど減っているカレーを見ながら言うと、リョウタの肩がピクリと震える。

「失礼だな。ちゃんと払ってるよ」

反論したリョウタは、テーブルの上に載った百円玉を二階堂に近づける。

「……これだけ？」

「適正料金！」

パテルが声を張り上げる。

「ここのカレー、千二百円でしょ？」

「子供が百円を支払って、あなたが二千五百円。これで文句ないでしょ？」

あまりにも堂々と言うので、二階堂は開いた口が塞がらなかった。なにも言わずにカレー代金を徴収されるのも納得がいかないし、そもそも、リョウタが百円を支払い、残り千百円を肩代わりしたとして、どうして二千五百円の請求なのか。

「……まさか、このラッシーが千四百円もするってこと？」

パテルは勝ち誇ったような笑みを浮かべる。

「ラッシーじゃないよ。特製って言ったでしょ？　だから特製ラッシー。特製っていうネーミングが付くものは、だいたい高いんだよ」

「それにしても暴利《ぼうり》じゃ……」

反論しようとした二階堂の口を手で押さえたパテルは、笑顔のままの顔を近づける。

「子供は大事にしなきゃでしょ！　いっぱい食べて、いっぱい成長でしょ！」

「それなら、僕が肩代わりなんかしないで勝手に……」

「ずっとそんなことをやっていたら私の店は破産だよ！　普段は子供からは百円しか取らないけど、ちょうどカモがネギと一緒に来たからね！　こういうときに回収するの！　いっぱい成長してもらったほうがいいでしょ！　子供なんだから！　大人のくせに、そんなことも知らないのか！　あんたも子供の頃があったでしょ！」

矢継《やつ》ぎ早《ばや》に言って、反論する隙を与えなかった。しかも、二階堂をカモだと認識していることを隠そうともしていない。

ため息を漏らす。なにを言っても二千五百円を要求してきそうなのと、リョウタの視線が気になったので渋々支払うことにした。

お金を手にしたパテルは、幸せそうな笑みを浮かべる。

「まいどありー。金持ちは金を循環させる責任があるから。しっかり、経済を回してもらわなくちゃね」

「金なんて全然持ってないですけど」

事実、貯金はほとんどなかった。今の管理会社の給料は高いが、その高さが怪しいし、その気持ちはトウキョウマンションを訪れて余計に強まった。

「ごちそうさま！」

リョウタが満足そうな顔を向けてくる。二階堂は、特別子供が好きというわけではなかったが、急な出費が報われたような気がした。

軽い足取りで店を出たリョウタを見送った後、残りのラッシーをストローで飲み干した。

パテルはリョウタがいなくなるまで手を振り、姿が見えなくなったら、自分で自分の肩を揉む。

「子供は元気でいいね。ちゃんばらして、飛び跳ねて。私はもうへとへとよ」

そして、どかっと椅子に座ると、店内のテレビをつけてニュース番組を見始める。

ちゃんばら――先ほど、スタンガンを振り回していたことか。

「子供に対しては優しいんですね」

二階堂が言うと、パテルはきょとんとした。

「別に優しくないよ」

「え、でも……」

先ほどは一緒にちゃんばらをしていて、格安でカレーを提供している。これは優しさではないのか。

パテルは腕を組んだ。

「分かっていないようだから、面倒だけど教えてあげるよ。これは料金内だから安心して」もったいぶった調子で続ける。

「人生において大事なのは、仲間の数ではないよ。いろいろな種類の仲間がいるということ。たとえばね、あんたは会社勤めしているから、会社の友達がいるかもしれない。でも、あんたが詐欺に遭ったら、その会社の友達は役に立たない。弁護士に相談する？　それもいい。でも、すっごく金がかかるね。だから、詐欺に遭ったら、詐欺師の友人がいればとても役立つ。普段、詐欺師の友人なんて役に立たないと思うかもしれないけど、役に立つ場面にぶち当たることだってある。つまりね、子供だって、使える場面がある。使えない奴がいたら、使えるようにするし、価値を見出《みいだ》す。そうやって、トウキョウマンションは皆で生きている。外の世界みたいに、使えない奴を切り捨てたり、使い捨てになんてしない。このマンションは治安悪いけど、外の世界ほど冷たくない」

パテルは笑みを浮かべながらウインクする。

外の世界。

そこから来た二階堂は、パテルの言葉が分かるような気がした。外の世界は冷たい。国は、使える者と使えない者を明確に定義しており、使えない者は救済しない。表面上は救っているように見せかけて、自助だとかなんとか言って切り捨てる。努力が足りないと蔑む。本人の努力でどうにかなるならいい。努力ではどうしようもない環境下に置かれている人もいるのだ。

トウキョウマンションと国家。そもそも規模が違う。ただ、国だって、トウキョウマンションのようなスタンスを取ることはできるはずだ。枠組みから弾き出された人、落ちてしまった人は、自分の力でなんとかしなければならない。セーフティーネットは存在しているが、それすらも対象を限定するし、強い者たちが、弱い者たちを助けようとはせず、自業自得だという雰囲気を醸成し、それが蔓延している。局所的なものを除き、国全体としては、助け合う余裕などないといった立場を取っている。

少なくとも、二階堂の人生という範囲ではそうだった。皆、自分のことに手一杯で、人のことを見る余裕がない。二階堂自身だって同じだ。生きることに必死で、どんどん視野が狭くなっていく。

トウキョウマンションは、百ヶ国以上の人がひしめき合って生活している。彼らは互いに頼り合って生きている。トウキョウマンションをプラットフォームにしている。

パテルは遠くを見るような視線を虚空に漂わせた後、口角を上げた。

「人生、なにが起きるか分からないからね。現に、私はこうしてインドから日本に来ているんだし。ほかの人だってそう。ここには難民支援団体もあって、中東やアフリカからの難民を受け入れたりしている。国が受け入れてくれないから、ここでなんとかする。私たちは難民じゃなかったけど、国外逃亡しなければならなかったからね。それで、ここの国外逃亡のエージェントを頼ったってわけ。私とグプタ、インドに帰ったら殺されちゃうからね」

気楽な口調で重いことを言う。

国に帰ったら殺される。いったい、なにをしたのだろうか。多少の興味は湧いたが、立ち入るべき話ではないだろう。

「それに、実は私たち、ここの闇医者に頼んで顔を整形しているね。それで余計に顔が似ちゃったんだよ！」

「え、整形？」

「そう。だって、バレたら殺されちゃうから。これ、内緒ね」

パテルは二階堂の肩を軽く叩き、続ける。

「ともかく、互いに頼ることがトウキョウマンションでは必要で、だからこそトウキョウマンションは成り立っているし、みんなが生きていける。利他主義が最高の利己主義ってやつね。情けは人のためじゃないって言葉もあるくらいだし」

そう告げたパテルは、自分の口髭を撫でた後、テレビ画面に集中し始めた。

互いに頼る戦略。パテルの話を聞きながら、シェアリングエコノミーみたいだなと二階堂は思う。その人が持っている能力などを必要な人に提供したり、共有したりする新しい経済の動き。それを、トウキョウマンションでは、インターネットを介さずに普通にやっている。

「あ！」

急に立ち上がったパテルが、二階堂を指差す。

「あの中華料理屋！　早くなんとかしてよ！　お客さん取られっぱなしだよ！」

「……〝春神楼〟のことですか」

「それ以外ないよ！」

「でも、さっきは利他主義って言っていたような……」

「やりすぎは良くないの！　なんでも、ほどほどが良いに決まっているでしょ！　そもそもね、料理の味なんて大きな差はないの！　どうしてあの中華料理屋だけ大繁盛なの！　どうせロクなことをやってないよ絶対！　店に並んでいる奴らもおかしいよ！　ゾンビみたいに思考能力を奪われてるんだよ！」

　憤慨したパテルは、二階堂のテーブルに置いてある空のグラスを持ち、もう帰ってくれと吐き捨てるように告げた。

　とんでもない言いがかりだと思いながら、立ち上がった二階堂は店を出る。〝ケーララの赤い雨〟の斜向かいにある〝春神楼〟は客足が絶えないようだ。ただ、いつもは綺麗に並んでいる列が乱れ、店の前に広がるように立っていた。

　周囲を見渡す。再びゾンビが襲ってこないか不安だった。ポケットの中にあるスタンガンを手で確認した。

　そのとき、電話がかかってくる。ディスプレイを確認すると、先輩社員からだった。通話ボタンを押す。

〈そっちはどうだ？　順調か？〉

　おおらかな調子がスマホ越しから聞こえてくる。

「順調といいますか、なんとかやっています」

　相手には見えないことが分かっているが、愛想笑いを浮かべる。

〈順調ならなによりだ。トウキョウマンションは危ないところだからな。生きているだけでも凄いよ〉

　その言葉に、二階堂は同意して頷く。肺炎患者が発生している件や、ゾンビ出現について日報で報告していた。トウキョウマンションは犯罪者も多いと聞いていたので、危険な場所だという認識はあった。ただ、肺炎やゾンビに襲われるとは想定外だった。

〈キエフにしっかり張り付いているだろうな？〉

やや鋭い口調になっていた。二階堂は視線を泳がせ、一呼吸置いてから口を開く。

「もちろんです。しっかり動向を確認しています」

動揺を覚られないよう、意識して声量を上げる。ただ、それが逆に不自然なような気がした。

一瞬の間。

〈……頼むよ二階堂。お前の役目は、キエフに張り付くことなんだから〉

「もちろん、分かってますよ」

応えながら、緊張に背筋が伸びる。どこかから見られているような気がして、周りを確認するが、先輩社員の姿はなかった。それでも、落ち着かない。

「あ、ちょっと移動するみたいですから電話、切りますね」

慌てる調子を演出し、通話を終える。

二階堂は、ゆっくりと息を吐いた。今さらながら、自分の仕事内容を不審に思い始めていた。最初は、仕事内容を確認する監査業務かと考えていたが、日報を送っても反応がないし、そもそも日報の内容が薄い。それに対する指摘もない。

先輩社員は、キエフに張り付けと何度も言っている。張り付く理由が分からない。こんなことで安くはない給料が支払われている。トウキョウマンションという危険な場所だからだというハードシップ手当と考えれば妥当かと考えつつも、釈然としない思いは残る。

管理事務所に行くが、中は無人だった。防犯カメラの映像を確認するが、多くの通行人がディスプレイに映っていた。とりあえずゾンビパニックが起きていないことを確認してから管理事務所を出る。

キエフを捜すため、マンション内を歩き回ることにした。どこにいるのか見当もつかない。無闇に動けばゾンビに遭遇する可能性もあるし、肺炎に侵される危険もある。ただ、トウキョウマンションの活気は戻っていた。ときどきマスクをしている人を見かけるが、周囲を警戒しているようには見えない。ここの住人たちの適応力に感嘆する。普段の二階堂なら怖がるだろうが、ここにいると不思議と恐怖心が薄れる。

キエフを捜すのは至難の業だった。対峙すると圧倒的な存在感があるが、いつの間にか亡霊のように消え失《う》せる。もともと存在していなかったかのような消失は、人間業とは思えなかった。

いったい、どこに消えたのか。

行き交う通行人を掻き分けるように歩きながら、〝ケーラランの赤い雨〟でパテルが言っていた台詞を頭の中で反芻《はんすう》していた。

――ゾンビみたいに思考能力を奪われてるんだよ！

〝春神楼〟に並んでいる客を評した言葉。根拠のない発言だろう。ただ、パテルが発したゾンビというキーワードが引っかかった。

先ほど追ってきたゾンビ。どうしてゾンビになってしまったのか。原因は不明だ。

〝春神楼〟の前に並んでいる人々。

彼らは、本当に中華料理を求めて並んでいるのだろうか。〝春神楼〟がゾンビ化の原因であるなど荒唐無稽《こうとうむけい》。あり得ない。ただ、なんとなく気になった。パテルの言葉に信憑性《しんぴょうせい》などはないが、もし仮に〝春神楼〟が関係していたとしたら。

――確かめる術はあるだろうか。

そんなことを考えながら非常階段の扉を開ける。雑多な音で満たされた空間から一転して、音がなくなる。空調が効いていないため、かなり蒸し暑かった。風切り音が聞こえる。換気扇の音だろう。

人の気配はない。先ほどまで人の声に埋もれていたためか、静寂で耳鳴りがする。

上を見上げてから階段を上る。一階から三階まで上ったところで立ち止まった。布を擦るような音がした。

三階と四階の間にある踊り場に、少年が座っていた。前に見た、トウキョウマンションの歴史書を書いている少年だった。前髪が長く、目がほとんど隠れている。色白で、よれたTシャツを着ていた。手元で小さなゲーム機を操っている。どうやら、無音でテトリスをしているらしい。

少年の前には、二冊のノートと、〝閲覧料千円〟という文字が書かれた紙が置いてあった。

二階堂は、そのまま立ち去ろうと四階へ向かったが、考え直し、少年の前に戻る。

少年は顔を上げる。前髪の隙間から見える瞳とかち合う。驚いた表情を浮かべていた。

「あ、この前はびっくりさせてごめん」

二階堂は慌てて言う。少年は腰を浮かせ、すぐに動けるような姿勢になっていた。

「……ここでの商売を禁止されると、困る」

少年の言葉に、二階堂は納得する。

そういうことか。

前に会ったときは、首から管理会社の社員証をぶら下げていた。立ち退きを求められると思っていたのか。

「ここでの商売を邪魔するつもりはないから」

その言葉に、少年は疑いの表情を崩さないままだったが、座り直した。どうやら、逃げるつもりはないようだ。

二階堂は咳払いをした。

「このノートって、トウキョウマンションで起きたことが書いてあるの？」

「そうだね」

素っ気ない返答。冷やかしだろうと思っているのは明白だった。

「どうやって、そういう情報を集めてるの？」

疑問を口にする。子供一人で集められる情報は限られている。テトリスを操作しながら、少年は二階堂を一瞥した。

「子供は警戒されない。だから、子供がいても秘密を話したりする。子供は良い諜報員《ちょうほういん》になる」

「情報を収集して、まとめるのが好きなの？」

少年は頷く。

「それに、これが仕事でもあるから」

「仕事？」

「情報が売り買いされていることは僕でも知ってる。だから、必要とされる情報を集めて、ほしい人に売るのが僕の仕事」

丸みを帯びた幼顔の少年が、大人びた調子で言う。

「情報収集は一人で？」

少年は首を横に振る。

「トウキョウマンションのエリアやジャンルで分けて、それぞれが情報を集めてくる。僕が、それを再確認して、正しい情報だけをこのノートにまとめてる。報酬は、閲覧料から少しだけど、情報は友達が持ってきてくれるから」

「友達、多いんだね」

「友達といっても、ビジネスパートナー。年齢もばらばら」

「……へぇ」

意外と組織立っているなと感心する。

「どんな情報が載ってるの？」

「トウキョウマンションでの出来事はなんでも。ほしい情報がすべて載ってる」

二階堂がノートに手を伸ばすと、ぴしゃりと叩かれたので引っ込める。

「閲覧料を払ってからだよ」

「でも、有用な情報かどうか確認しないと」

「それを確認するのも、閲覧料を払ってから」

たしかに少年の言うとおりだ。内容が分かったら、自分に有用か否かを判断できる。内容が分からないから、閲覧料を払って確認する。

少年の仕事が成り立っているということは、トウキョウマンションの情報を欲している人が一定数いて、このノートは、その要望に応えられているのだろう。

「ちなみに、一冊で一ヶ月。ここに置いている二冊は二ヶ月分」

一ヶ月で一冊。Ａ４の大きさで、ページ数は百五十枚ほど。一ヶ月に一冊なら、それなりの情報量が書き込まれているはずだ。

二階堂は財布から千円札を出して、腰を落としてからノートの前に置いた。

千円札を見た少年の手が止まる。

「……この閲覧料は子供用。大人は倍」

紙をめくり返すと、〝大人は閲覧料二千円〟と書いてあった。したたかだなと思いつつ、千円札をもう一枚渡す。

「どうも。時間制限はないから、座って、好きなだけ見ていってよ」

どこにも椅子がないことを確認した二階堂は、階段に腰掛け、ノートを開く。幼さが残る丸みを帯びた字だったが、丁寧に書かれているのが分かる。ノートの罫線からはみ出ることなく、とても読みやすかった。

「これって、全部本当に起きていることが書かれているんだよね？」

ノートに視線を落としたまま問う。

「裏取りはできてる。内容は、史実に忠実」

史実——大袈裟な言い方だなと思いつつ、自信の裏返しなのだろうと考える。

内容は多岐にわたっていた。

二階堂が開いているページには、主に一階と二階の店舗についての情報が載っていた。店舗のセール情報や、ぼったくり店の情報が事細かに記載されている。

〝ケーララの赤い雨〟は、人によって料金を変動させる傾向があり、最近はそれが顕著になっていると記載されていた。また、床屋が斡旋している仕事内容について詳細に書かれているし、出来の良いコピー商品の新作が売られているという情報もあった。各飲食店の割引サービスについても詳細に記載されていた。

それらの中の、一つの情報に目が止まる。〝春神楼〟では、定期的に高級料理であるフカヒレの割引サービスを実施しているらしい。通常料金が三万円のところ、三千円で提供しているということだった。安さを売りにすることの多いトウキョウマンションにおいては、三万円は高額だったが、三千円なら注文もあるだろう。行列ができるほどなので、味は保証されている。

やはり、一度は食べなければと思う。

「あ、伝え忘れていたけど、ノートの中身をメモするのも、写真を撮るのも禁止。記憶してね」

テトリスをしながら少年は言った。

メモも禁止なのか。そう思いながら、次の割引サービスデーを記憶しておく。

ページをめくる。半分は、やはり店舗の情報だった。為替レートの良い店や、虫が出ないホテル名の記載もある。ほかにも、質の良いヤクを仕入れている売人リストから、ここを管轄する門仲警察署の動向も書いてあった。

これは、人によってはかなり有用な情報だなと思いつつ、この少年の情報網に舌を巻く。トウキョウマンションの観光ガイドといっていいだろう。

非常階段は暑く、蒸していた。ただ、静かだった。トウキョウマンションは音に満たされている。活気があると感じるが、人によっては騒音と捉えるかもしれない。どちらにしても、鼓膜には優しくない環境だった。

ここは電波が通じないので、先輩社員からの連絡もない。静かな空間に身を置くことの心地よさ。良い場所だと思う。

次のページには、その日の出来事が書き連ねてあった。住人同士の喧嘩や、失踪情報、窃盗事件の発生について知ることができた。

直近では、やはり肺炎患者の発生やゾンビ出現についても書いてある。この記載を見る限り、肺炎患者はトウキョウマンションの住人だけではないようだ。住人が大半だが、外部の人間もいるらしい。それ以上の情報はなかった。

「ゾンビについては、なにも分かってないの？」

二階堂が訊ねると、少年は頷く。

「ここに書いてあることがすべて。憶測は書かないようにしているんだ。これは史実だからね」

でも、と続ける。

「ゾンビになったのは住人じゃない。それに、ゾンビっぽい感じだけど、彼らには個体差があって、イメージどおりに噛んでくる奴もいれば、ただ殴りかかってくる奴もいるらしいよ。だから、ゾンビっぽい動きだけど、ゾンビってわけじゃないかも。どちらかというと、凶暴化しているだけって感じかな」

少年の言葉を聞いて、二階堂は最近ゾンビのドラマを観ていたから、妙な動きをして襲ってくる人間をゾンビと思っただけで、実際にはゾンビというわけではないのだろう。それでも、襲ってきた人間はゾンビにしか見えなかった。

「まぁ、ゾンビについては憶測の域を出ないし、裏取りもできていないからノートからは除外しているけど」

そう言った少年は、掌を差し出す。

「……なに？」

「五百円」

二階堂は瞬きをする。

「え？　どうして？」

「だって僕から情報をもらったでしょ？　口伝《くちづて》での情報も立派な情報。料金はもらわないと」

「……五百円って、どこにも書いていないけど」

床に置かれている紙を指差しながら言うと、少年は顔をしかめた。

「これについては、料金説明も口頭でしてるから」

ずいっ、と更に手を前に出す。

「いや、今のはただの会話じゃないか。サービスで」

「情報屋である僕から、タダで情報をもらうつもり？」

批難するような声。二階堂はそれを無視する。子供だからと油断していたが、この調子では、どんどん金を毟《むし》り取られてしまう。

「へぇ、大の大人が無銭飲食みたいなことをするんだ」

少年は軽蔑の視線を向けてくるものの、二階堂は動じなかった。

無言の圧力を感じる。

「……まぁ、このノートに有用な情報があったら、五百円の支払いも考えるよ」

子供相手に張り合っている自分を愚かに感じ、折れる。少年は納得したようだった。

ノートに書かれた文字に、指を這わせる。

ゾンビ出現前に、なにかが起きているはずだ。決定的な現象がなければ、ゾンビなど出現するはずがない。

最新の日付は昨日だった。どんどんと遡《さかのぼ》っていき、ゾンビになるような事象が起きていないかを確認していく。

トウキョウマンションでのさまざまな事象が書き記されている。すべてが網羅されているとは思わないが、かなりの情報量がある。

しかし――ない。なかった。

ゾンビが出現しているにもかかわらず、原因となるような特異な事象は起きていなかった。二階堂は落胆する。このノートに、トウキョウマンションで起きていることがすべて書いてあるわけではない。ただ、ゾンビ化を説明するヒントが書いてあるのだという淡い期待を抱いていた。ため息を吐いて、ノートを閉じた。徒労に終わった。

「なにをしている」

唐突に、頭上から声が降ってきた。

顔を上げると、そこにキエフが立っていた。静かな空間で、ここまで近づいてきていたのに、まったく気付かなかった。

慌てて立ち上がった二階堂は、尻のあたりを片手で叩いた。背の高いキエフに見下ろされていると、弁解したい気持ちが生まれる。悪いことをしているわけではないのに、咎められるような心持ちがした。街中を走るパトカーを見て、なにもしていないのに意識してしまう感覚に似ている。

「……ちょっと、このノートを確認していたんです」

「理由は？」

淡々とした調子だが、答えずにはいられないという重圧を感じる。落ち着かず、逃げ出したくなる。唾を飲み込み、口を開いた。

「ゾンビ出現の原因を探ろうとしたんです。それで、情報屋の彼のノートを……」

言いながら、羞恥心《しゅうちしん》が湧いてくる。子供が作ったノートに期待して、二千円を支払い、ゾンビ化の原因となるような事象が見つけられなかったことで落胆していた。

どうしてここまで期待していたのか自分でも分からないが、この少年の情報に頼るのは妙案だと思ったのだ。

——子供だって、使える場面がある。使えない奴がいたら、使えるようにするし、価値を見出す。

パテルの台詞を思い出す。

あの言葉に踊らされた。

「それで、原因は見つかったのか」

「いえ、見つかりませんでした」

二階堂の回答を聞いたキエフは、ノートに視線を移す。

「そうか。だが、このノートに答えが載っている。お前が見逃しているだけだ」

起伏のない調子で発せられた言葉の意味を理解するのに、少し時間を要した。

二階堂は瞬きをする。

「……え？　それって、原因が書いてあるってことですか？」

キエフは、僅かに顎を引いて首肯する。

そんなはずはないと二階堂は思う。あのノートは、トウキョウマンションで過ごす上では有用な情報に溢れている。どうしてこんなことまで調べられたのかと思ってしまうほどの情報量だ。ただ、ゾンビになる原因は書かれていなかった。読み逃しているはずはない。そんなことが書かれていたら、絶対に気付くはずだ。

「……ゾンビの原因なんて、書いてありませんでした」

揶揄しているのではないかと疑いつつ、言い切る。

キエフは、薄い唇を少し曲げた。

「それでも、ここに書いてある情報を基に動いて、原因を特定することができた」キエフは能面のような表情のまま続ける。

「ただし、ゾンビのほうじゃない。ここに書かれているのは、肺炎患者が発生した原因だ」

二階堂は首を傾げる。

——肺炎患者の原因。

キエフの言葉の直後、服を引っ張られる。見ると、ゲーム機を片手に持っている少年だった。

「このおじさんの言っていることは本当だよ。ノートに、解決の糸口があったって言ってたし」

二階堂と同じく、キエフもここに来てノートを確認したということか。そして、原因を突き止めた。

本当なのだろうか。

少年はくりっとした丸い目で見つめてくる。

「あと、このおじさんは口頭での情報にもお金を払ってくれた。結局、その情報は使えないものだったけど、大人だからね」

そう言った少年は、再び手を差し出した。

「五百円。払う気になった？」

確信を持ったような口調。二階堂は顔をしかめた。少年が立派な商人に見えた。


翌日。

朝起きて腕時計を確認すると、九時になっていた。二階堂は先輩社員にパソコンで業務連絡をしてから、ホテルを出る。

歩きながらスタンガンを持っていることを確認した後、スマートフォンを取り出す。先輩社員からの連絡はない。

昨日の日報に、キエフが肺炎の原因を突き止めたことを書いていた。ただ、それだけしか書いていない。報告になっていない。

エレベーターに乗った二階堂は頭を掻いた。

五百円を少年に払っているうちに、キエフが消えていたから、なにが肺炎の原因かを聞きそびれてしまった。

トウキョウマンションの史実が載っているノート。あそこに、原因が書かれているとキエフは言っていた。そのことを聞いてからノートを再度読み返してみたが、やはり分からなかった。

騙されたのだろうかと思いつつ、一階を進む。トウキョウマンションは、すでに賑わいを見せていた。夜の猥雑とした雰囲気は薄いものの、危険な香りが漂う空間。活気のある、いつもどおりの風景。肺炎も、ゾンビもなかったかのようだ。

視線を固定させた二階堂は、その場に立ち止まる。

昨日と違った景色――〝春神楼〟が跡形もなくなっていた。

「……どうして」

眉根を寄せた。管理事務所からホテルに行くために乗るエレベーターまでの道のりに〝春神楼〟はある。昨日の夜までたしかにここに存在していた。長蛇の列ができるほどに繁盛していた店が、どうして一夜にして消えてなくなってしまうのか。

近づいてみると、店舗の中は空っぽだった。店の扉も、看板も、テーブルもない。空間だけが残っており、ここが飲食店だったことを物語るものは存在していなかった。

壁を見る。壁紙は貼られておらず、白いペンキが塗られていた。その一部が、赤くなっている。

「……なんだこれ」

手を伸ばしたとき、背後に気配がする。

「あ、ちょうどよかった！」

背後から声をかけられて振り返ると、パテルが笑みを浮かべて立っていた。

「ちょっと来てよ」

そう言って、二階堂のTシャツの袖を摑んで引っ張ってきた。振りほどこうとしたが、パテルの手はがっちりとシャツを握っており、そしてそのまま〝ケーララの赤い雨〟の店内に連れ込まれる。

「ど、どうしたんですか！」

二階堂が抗議の声を上げると、ようやく手が離れた。服の横腹あたりが伸びてしまっている。

「あ、ごめんごめん。嬉しくて」

ヘラヘラと笑いながらパテルは謝り、二階堂を椅子に座らせた後、店の奥に消えてしまう。そして、すぐに戻ってきた。

「朝ご飯まだでしょ？　これ、サービス」

テーブルに置かれたのはカレーとラッシーだった。

「……サービスとかいって、また法外な料金を取るんですよね？」

疑いの視線を向ける。

パテルはとんでもないと言いたげに、ぶんぶんと首を横に振った。

「今回はタダだよ！　お金もらわない！　あなたは恩人だから！」

「恩人？」

「いいからいいから！　カレー冷めるよ！」

パテルは二階堂の肩を揉み始める。

「……本当に無料？　一円も払いませんよ」

「もちろん！　武士に二言なし！　早く食べて！」

このようなことをされる理由が分からない。二階堂はパテルの謎の優しさに警戒しつつも、朝ご飯を食べていなかったのでスプーンでカレーを掬い、口に運ぶ。いつもどおり、美味しい。

「お代わりも言ってね！　今日は大盤振る舞いよ！」

機嫌が良すぎるパテルはいつも以上に陽気で、今にも踊り出しそうだった。

「ラッシーも無料？」

「普段ならぼったくるけど、今日は特別！　無料！　赤字垂れ流しでも今日だけはＯＫ！」

パテルは手を叩き、軽快なステップで踊り始めた。それを見ながら、ラッシーをストローで吸う。先日飲んだ特製ラッシーと同じ味だった。

パテルの明るさが、気味悪く思えてきた。

「……食べておいてなんですけど、僕、なにかしましたっけ？」

その問いに、パテルは目を瞬かせる。

「だって、商売敵《しょうばいがたき》を潰してくれたでしょ？」

「……商売敵？」

「そうそう。商売敵」

パテルが指差す。その方向は〝春神楼〟の跡地。

「……え？　〝春神楼〟を潰したってことですか？」

「謙遜しなくて良いよ！　あんたがあの店を潰したってのは知ってるからさ」

「え？」

話が見えない。パテルは、身体を揺らしながら会話を続ける。

「昨日の深夜、いきなり〝春神楼〟を襲撃したのよ」

「え？　誰が？」

パテルの指先が二階堂の額の中心に向けられる。

「……僕？」

「そうそう。でも、実行したのは、キエフと大歩と明明、それとレッドネックだったかな？　彼らが深夜に襲撃したんだよ。あっちも結構な抵抗をしたみたいだけど、キエフたちは強すぎるからね。赤子の手をクイッとする感じね」

自分の手首を曲げたパテルは笑う。

結構な抵抗。

先ほど店に行ったとき、赤い染みのようなものが壁に付着していたが、あれは血痕だったのかもしれない。悪寒がする。

「人を排除したら、あっという間に店の中も空っぽ。さすがだね！」

「でも、それって僕はなにも……」

「謙遜はジャパニーズの悪いところ！　ちゃんと聞いてるから。襲撃の後、どうしてあの憎き宿敵を潰してくれたのかって聞いたら、あんたの名前が出てきたってわけ！　つまり、あんたが〝春神楼〟を潰してくれたんでしょ？」

「……いったい誰に……」

言い切らないうちに、店に誰かが入ってくる。

明明だった。白いTシャツにジーンズ姿。飾り気がない分、スタイルの良さが際立つ服装だなと思う。

目が合い、近づいてくる。

「この男と同じものを」

投げやりな調子でパテルに注文した明明は、二階堂の前にある椅子に座った。

「くたびれたよ。本当に」

首のあたりを揉みながら明明は言った。化粧をしていない顔には疲労が見て取れる。

「……説明してください」

「なにを？」

「どうして僕が〝春神楼〟を潰したことになっているんですか」

質問をした直後、パテルが来て、カレーとラッシーを持ってくる。

明明は千円札を一枚出す。受け取ったパテルは、ステップを踏みながら店の奥に姿を消した。

「で、なにを聞きたいの？」

カレーを頬張りながら訊ねてくる。

二階堂は背筋を伸ばした。

「さっきも言いましたけど、僕が〝春神楼〟を潰したことになっているんですけど」

「あぁ、そのこと。説明が面倒だから、そういうことにしたみたい」

「面倒って……誰がそんなことを言ったんですか」

「私」明明はにやりと笑い、続ける。

「昨晩の襲撃の後、騒動を聞きつけた住人とかがいろいろと聞いてきたから、とりあえず管理会社から派遣されてきた二階堂の指示だって言いふらしておいたんだ。その中に、パテルも交じっていた」

「どうして、僕なんですか」

「なんとなく」

理由はないらしい。

二階堂は眉を八の字にした。カレーを無料で食べられたのは良かったが、潰したことを指示した人物として不利益を被《こうむ》る恐れがある。特に〝春神楼〟の人たちに恨まれるのではないかと心配になった。

「本当は、誰の指示なんですか」

「そりゃあ、キエフに決まってる」

「どうしてキエフさんの指示だって言わないんですか」

「それは、いろいろとね。別に知らなくていいことだ」

回答を濁した明明は、ラッシーを一気に飲み干した。

「……言いたくないなら別に構いませんけど、でも、潰した理由はなんですか。それくらいは教えてください」

「肺炎の原因が、あの店だったから」

周知の事実であるかのように、さらりと告げる。

二階堂は目を見開く。

「……あの店が？　肺炎になるウイルスを撒いていたってことですか？」

「ちょっと違うかな」

明明はそこで一度止める。そしてなぜか苦悶に似た表情を浮かべる。

「……どうしたんですか」

二階堂の問いに、明明は僅かに頭を横に倒した。

「寝不足だから、話すのが面倒になった」

そう答えて、しばらく黙々とカレーを食べ続ける。食べながら、頭が揺れていた。天秤に見えてくる。

二階堂は意識して目を大きく見開き、明明を真っ直ぐに凝視していた。意地でも聞き出すつもりだった。

「……あの店は、ウイルスをばら撒いていたわけじゃない」

根負けしたのか、話すほうに傾いたらしい。

「料理にヘロインが入っていて、それが、肺炎の原因」

「……ヘロイン」

ヘロインといえば、麻薬だ。どうして麻薬が肺炎の原因と関係があるのか。いまいちピンとこなかった。

「面倒だな」

明明は悪態を吐きつつも、続きを喋る。

「この国の話じゃないけど、上海市《シャンハイ》、四川省《しせん》、青海省《せいかい》などでケシがらを食品に混入していた飲食店が次々と摘発されたことがあってさ。火鍋のスープに混ぜたり、麺に練り込んだりして、リピーターを獲得しようとしたらしい。〝春神楼〟も似たような手口で、高級料理のフカヒレとかにヘロインを混ぜていたってわけ」

「……それを食べて、肺炎に?」

明明は頷く。

「これはキエフの受け売りだけど、分かっているだけでも百五十種類以上の薬物が肺疾患を引き起こすらしい。そもそも、ヘロインは薬剤性肺炎を起こすケースがあるんだってさ」

「どうして、高級食材にヘロインが入っていると分か……」

言いながら、二階堂は途中で気付く。

少年がまとめた、トウキョウマンションの史実が書かれているノート。そこに、フカヒレの割引サービスを実施しているという記述があったことを思い出す。

「……高級食材のフカヒレといった高額メニューの割引デーと、肺炎患者発生の波に関連性を見つけたんですね」

「そのとおり。どうしてキエフがそのことに気付いたのかは分からないけど、ともかく店は割引デーのときだけ高級食材にヘロインを混入していた。そのヘロインが粗悪な品だったかどうか分からないけど、ともかく食べた人の一部が肺炎になったってこと。私は三千円でも高いと思ったから食べなかった。結果、無事だった」

明明は誇らしそうな表情を浮かべる。

その様子を可笑《おか》しく感じた二階堂は、自分の頬を手で揉んだ。笑っているのを覚られたら、怒り出す気がした。

咳払いをして、話を続ける。

「それじゃあ、もしかしたらゾンビ化も、そのヘロインが原因かもしれないですね」

その言葉に、明明は渋い顔をした。

「昨晩押収《おうしゆう》したヘロインを調べているけど、ゾンビ化するような代物じゃなさそう。それに、ゾンビ発生と割引デーの波は一致しない」

これは私見だけど、と明明は話の穂を継ぐ。

「〝春神楼〟では食用コウモリも出していたから、なんらかの原因で狂犬病ウイルスのようなものに感染したんじゃない？」

自信のなさが垣間見《かいまみ》える主張だった。ゾンビ化の原因については保留になっているのだろう。

ただ、〝春神楼〟が肺炎の原因を作ったのは間違いなさそうだった。ヘロインを混入し、客を中毒にして高級料理を注文させ、儲けようとしたのだろう。

違法薬物を勝手に料理に混入することは許されることではない。

ただ――。

「……〝春神楼〟が悪いのは分かりました。でも、だからって、武力行使で潰すなんて……」

悪事を働いたとしても、そこまでする必要があるのだろうか。もっと穏便に出ていってもらうことだってできたはずだ。

「それは、キエフの判断だから」

当然であるかのように明明は告げる。

――キエフの判断？

それが判断基準になって、それが免罪符になるのか。

「……血痕が残っていましたよ。そこまでする必要あったんですか。やりすぎのような気がしますけど」

店を潰すだけではなく、抵抗した店の人間を力でねじ伏せたのだ。壁に血痕が付着するほどに。

明明はカレーを平らげて、ナプキンで口のあたりを拭き、それを丸めて二階堂に向かって投げた。

「キエフは判断を間違わない」

二階堂の額に当たったナプキンが、テーブルの上を転がる。納得がいかなかったが、反論を呑み込む。

「さて、腹ごしらえはできた」

腹のあたりを擦った明明は立ち上がり、腰のあたりを手で確認する。ホルスターを巻いていた。

最初、スタンガンだと思ったが、グリップ部分の形状が明らかに違う。これは、ドラマや映画でよく見るもの——拳銃だった。

「これが最後の晩餐《ばんさん》にならないことを願うよ」

そう呟いた明明の雰囲気は豹変《ひょうへん》していた。殺気立っている。

「……なにかあるんですか？」

二階堂は恐る恐る訊ねる。

「キエフから連絡があってね。武装しておけって」

「……どうして武装を？」

問いを聞き流した明明は、店を出てしまう。二階堂も後に続き、横並びで歩く。

「なにが始まるんですか？」

再度訊ねる。

明明は鋭い視線を向け、すぐに前に戻す。

「〝春神楼〟は金儲けのために、高級料理にヘロインを混ぜていた可能性がある。客を中毒にして常連客にしようとしているんだと思っていた。でも、キエフの見方は違った。そもそもあの店は、割に合わないことをしているんだ」

「割に合わない？　どうしてですか」

「ケシがらを混ぜるくらいなら可愛いものだけど、今回混入していたのはヘロインだ。ごく少量だとはいえ、麻薬の王《キングオブドラッグ》と呼ばれるヘロインを混ぜていた。ヘロインは手間がかかる。アヘンの精製をして、そこからモルヒネを抽出精製して、ヘロインに変換。その後、遊離塩基ヘロインの精製と塩酸塩への変換作業が必要なんだ。末端価格も一グラム三万円で、五千円の大麻と比べても高額。どうしてわざわざヘロインを使う必要があったのかとキエフは疑問に思ったらしい。それで――」

ヘロインを使って薬物性の肺炎患者を出すことが目的ではないかと考えた。そう明明は告げた。

「どうして、肺炎患者を出す必要があるんですか」

二階堂は疑問を口にする。〝春神楼〟の意図が分からなかった。

「〝春神楼〟をテナントとして誘致したのは誰だと思う?」

「……管理会社」

「そう、管理会社が連れてきた。キエフは一切関与していない。それまでも、テナントの誘致や契約は管理会社がしてきたから不自然なことじゃない。でも、キエフはテナントについては毎回調査する。〝春神楼〟も例外じゃなかった」

「なにか、おかしなところがあったんですか」

「ない。問題点はなかった。だから営業を認めていた。でも、あまりにも綺麗すぎたらしい。トウキョウマンションのテナントなんて、普通のところは来ない。綺麗な経歴の〝春神楼〟についてある程度の警戒はしていたみたいだけど、そうもいかない事態が発生したから、我々は後手に回ってしまった。肺炎はその一つ。原因を調べるために、人手を割かざるを得なかった」

悔しそうな声を発した明明は下唇を噛む。

視線を前方に向けたまま、立ち止まった。

「ともかく、管理会社が〝春神楼〟を連れてきた。そして〝春神楼〟を潰す指示を出したのがお前ってことになっている。こうすれば、間違いなく管理会社が出張《でば》ってくるだろうってのがキエフの思惑だ」

つまり、出汁《だし》に使われたということか。

「それって僕のこと、なにも考えてないですよね……なんの断りもなしに……」

二階堂の言葉の途中で、明明がホルスターに収まっている拳銃に手を置き、前方を睨む。その視線の先。

一階ロビーに、見知った顔の男が立っていた。

「……チャン先輩」

管理会社の先輩社員だった。短髪のクロップスタイル。高身長で、脚の長さを強調するように細身のスーツを着ている。絵に描いたようなスポーツマン。肌に張りがあるから若そうに見えるが、年齢は四十歳くらいだろう。

どうして、トウキョウマンションにいるのか。

目を転じる。現れたのは一人じゃない。チャンの後ろに五人の男がおり、全員、タクティカルベストを着ている。半袖から覗く腕は丸太のように太く、刺青を施していた。

「チャン・チョルス。管理会社から派遣されてきた。要するに、あなたたちとは同僚だから、穏便に済ませたいと思ってる」

「そっちはやる気満々じゃん」

「あなたが戦闘態勢だからさ。でも、話し合いで済ませるのが得策だよ」

チャンは両手を上げて降参のポーズを取る。しかし、顔はまったく降参しておらず、好戦的な笑みを浮かべていた。

明明は、臨戦態勢を崩さない。

「……チャン先輩、どうしてここにいるんですか」

「お前が裏切ったからだろ」

柔和な口調だったが、刺すような棘がある。心臓を貫かんばかりの鋭い棘。

「びっくりだよ。お前は陽動の駒の一つだったのに、まさか寝返るとはね。とんだ裏切りだよ」

——陽動の駒の一つ？

どういうことだ。

「僕は裏切ってなんか……」

「いや、裏切っただろう」

チャンの声が二階堂の言葉を封殺する。

「〝春神楼〟を潰す指示をお前がどうして出すんだ？　なぜ俺らの邪魔をする。お前の役目は、ただキエフにくっついて目眩《めくら》ましの役目をすればよかったのに。使えない奴っていうのは、使えないだけじゃなくて状況を悪くする。どうして寝返った？　なにか摑まされたのか？」

早口で告げたチャンは、言い切った後、ゆっくりと息を吐いた。反論を待っているようだ。

なぜか二階堂が裏切ったことになっており、それが管理会社まで伝播《でんぱ》して、こうしてチャンがやってきたのか。キエフたちの思惑が当たったということだ。

「……僕は」

明明に恨みのこもった眼差しを向けた二階堂は弁解しようとしたが、それが無駄なことは分かっていたので口を噤《つぐ》む。

チャンは、後頭部のあたりを手で掻く。

「まぁいい。なかなか悪くないプランだと思ったのになぁ。〝春神楼〟を管理会社《おれたち》がテナントとして誘致して、割引デーの高級料理にだけ劣悪なヘロインを混入して、ほどよい感じに肺炎患者を出して混乱させるつもりだったんだが……」

「どうして、高級食材だけに混ぜていた⁉」

明明が鋭い調子で詰問する。

チャンは目を細めた。

「普通の料理に混ぜて大量発生させたら、〝春神楼〟が疑われる確率が高くなるし、ヘロインの元手も回収する必要があったからな。高いヘロインを、高い料理に入れて、金をふんだくる。初期投資の回収も大切だ。もちろん、ランダムに混入させることも考えたが、安い料理に群がられたら売上に繋がらない。結果、割引デーの高級食材のみにヘロインを混入させるルールにしたが、それが仇《あだ》となった。欲目ってのは恐ろしいな」

特定されたことを特に気にしている素振りは見せなかった。

「肺炎患者を作った理由は？」

「そりゃあ、トウキョウマンションを混乱させたかったからだ。発生源が分からず、どう感染するかも分からない肺炎患者が複数発生したらビビるだろ？　原因を突き止めようと躍起になるだろ？　あなたたちの人的リソースを割かせるための方策だ。もっといえば、キエフの注意を逸らすことが目的だ」

「もしかしてゾンビも……」

明明の言葉を手で遮ったチャンは、軽く咳払いをした。

「次は、俺の質問に答えてくれ。キエフはどこにいる。管理事務所はもぬけの殻だった」

「さぁ」

明明が肩をすくめる。

「主の居場所も分からないのか。それなら、虱潰しに捜すまでだ。周辺は管理会社の人間が固めている。どうせ、ここからは逃げられない」

チャンは口元を歪め、周囲を見渡す。

「それにしても、トウキョウマンションは重慶大厦に雰囲気が似ている。この会社に勤める前は、バリスタの仕事をしていたんだ。ときどき、旅行がてら道具を持って世界中を回って、コーヒーを提供して日銭を稼いでいた。いろいろなところに泊まったが、重慶大厦はすごく好きな場所だったよ。汚くて、治安が悪くて、犯罪の臭いがして。設備とかはトウキョウマンションのほうが良いけど、雰囲気は非常に似ているよ。ここに来て、またあそこに行きたくなった。この案件が終わったら長期休暇をもらうから、計画を立てよう。前と違って今は金持ちだから、ビジネスクラスで行くとするよ」

「下らない話は終わったか」

いつの間にか、二階堂の背後にキエフが立っていた。ずっとその場にいたのかと思ってしまうほど、急に現れた。幽霊のように浮き出てきたのかと疑う。

チャン以外の五人は、タクティカルベストのポーチから拳銃を取り出して構える。

「お出ましか。捜したよ」

チャンはうっすらと笑みを浮かべ、敬意を表するように心臓のあたりに手を置く。そのすべてが、人を馬鹿にしているようだった。

「成果はなかったようだな」

起伏のない声を発したキエフは、音もなく歩き、二階堂と明明の前で立ち止まる。

チャンは無言で三度頷き、口を開けた。

「成果がなかったのは事実だ。あんたは、いったいどこに財宝を隠しているんだ？　ここにあるんだろ？」

「財宝？」

なんのことだか分からないといった調子でキエフが繰り返す。

トウキョウマンションに財宝があるという噂は二階堂も聞いたことがある。根も葉もない噂、よくある都市伝説の一つ。

チャンは、その都市伝説の財宝のことを言っているのだろうか。

「そうだな」

顎に手を当てたチャンは顎を引き、下から上を見上げるような視線を向けた。

「あんたが持っているＰＣＰのレシピ。それを、俺たちは必要としている」

「ＰＣＰとは？」

「とぼけるな」

眉間に皺を寄せたチャンは、床に唾を吐いた。

「金のなる木、ＰＣＰだよ。分かってるだろ」

そう告げても、キエフの返答はない。

チャンは目を瞑《つむ》り、額に手を当てる。

「あー、もう、説明しなきゃ駄目かな？　俺たちがどこまで摑んでいるのか試そうとしてる？　だったら話すけどさ、あまり時間がないから要点だけね」

苛立っているような口調だったが、顔には笑みが浮かんでいた。この状況を楽しんでいる節がある。

「ＰＣＰってのは、麻酔薬としてアメリカのパーク・デービス社が一九五〇年代に開発したものだ。ただ、臨床試験の途中、統合失調症に似た症状を引き起こす副作用があることが分かって、人への投与は中止されたんだ。でも、この精神変容作用に目を付けた人間が、ＰＣＰで金儲けしようとした。簡単に合成することができるから、アンダーグラウンドで流通させたが、もともとが妄想や幻覚を引き起こすものだから、副作用が大きい。メジャーなヤクじゃない。それでも、脳内に取り込まれるとレセプターに結合して幻覚作用を生み出す。それゆえに、神秘体験をしたという報告も結構あって、一部の宗教家からは絶大な人気があるものだ。宗教は金になるし、特異な宗教体験をした信者はより多くの金を落とす。経営者とか、そういった層にも人気だ。ビジネスってのは、結構イカれたものだから、虜《とりこ》にしたり騙したりするのにPCPを上手に使っているらしい。だから、俺たちもPCPを管理して売り捌いているんだが、そんな中で、上物のPCPが流通していることを摑んでな。経路を辿っていくと、トウキョウマンションに行き着いたってわけだ」

「ここは、薬物の売買が活発だからな」

キエフは淡々とした口調で言うと、チャンは同意するように頷いた。

「そう。ここは違法薬物のハブ拠点といっていい。だから、いろいろなヤクが運ばれてきて、どこかに消えていく。でもな、上物PCPは、ここから出ていくばかりなんだ。どこからも来ていない。しかも、金持ちに法外な値段で売っている。金持ちだけにだ。その金は、トウキョウマンションに消えていく。どこにも出ていかない。つまり、大金を得ているのはトウキョウマンションということになる」

「経路を追えていないだけだろ」

「確信があったから管理会社は動いたんだ。俺たちを見くびるな」

双方、睨み合う。

沈黙が一瞬。それを壊したのはキエフだった。

「やはり、あのゾンビはお前たちのＰＣＰか」

その言葉に、チャンは驚いたように目を見開く。

「原因がＰＣＰだと気付いていたのか。ご明察。お前たちのＰＣＰレシピがほしいから、挨拶がてら、こっちの売れ残りのＰＣＰの威力を見せつけたってわけだ。ＬＳＤといった幻覚剤とかを混ぜまくった、マジでよく分からないＰＣＰで、飲んだ奴は通常の副作用である闘争といった兆候が度を越えて出てしまうから、ゾンビ製造ＰＣＰって呼んでいる。自我を失って暴走状態になるヤクだ」

サムズアップしたチャンは、舌をペロッと出した。

「そのことは把握している。あのゾンビたちからＰＣＰが検出されたからな」

「ＰＣＰをよこせっていう、俺からあんたに対してのメッセージだったんだ。受け取ってくれてなにより」

「奴らはこちらで治療している」

「そこらへんで拾った、干からびる寸前のジャンキーだ。救う価値もない」

一度言葉を区切ったチャンは、掌を擦り合わせた。

「つくづく惜しい。いいプランだったんだ。謎の肺炎を演出して、ゾンビを出現させてトウキョウマンションの管理機能を混乱させた。邪魔者として機能するはずだった二階堂は無駄だったけど、それでも、トータルでは気を逸らすことができた。問題は、いくら内偵調査をしても、ＰＣ

Pが見つからないってことだ。いったい、どこに隠しているんだ？」

「ない」

素っ気ない回答に、チャンは豹が吠えるように喉を鳴らした。目が炯々《けいけい》と光っている。肉食動物のようだった。

「……しらを切るつもりか。それでも別に構わない。内偵調査では発見が難しいということで、これから実力行使に移ることになったんだ。もう、こそこそ調べる段階は終わりだ。面倒なことをしないで、最初からこうすれば良かったんだ」

そう告げたチャンは、背後を確認するように見てから、すぐに視線を戻す。

「武装戦力は、ここにいる五人だけじゃない。誰もここから逃げることはできない。そして、これからここで起きる大規模な暴動は、トウキョウマンション内の住人たちが起こしたもので、外部は一切関与していないということになる。我々がいくらここで暴れても問題にならない。人が死んでも捕まることもない。俺たちはここに存在していない。あくまで、トウキョウマンション内で起きた暴動で、ほかの関与はない。死者は、不慮の事故として片付けられる。銃創があっても、首がちょん切れていても、事故死だ。ここの人間が死んでも、外の人間は悲しまないし、むしろ不穏分子が消えたってことを歓迎するだろう」

言い終わったチャンは口元を綻ばせる。嬉しくて堪らないといった調子だった。

亡霊のように立っているキエフは、ゆっくりとロビー内を見渡した。

「武装した人間をどのくらい配置した？」

「マンション内に五十。そして、外に五十。百人態勢だ。ここにいる五人が持っているハンドガンは、イスラエルのジェリコ941。ほかのメンバーは、カービンやアサルトライフルを装備しているし、ほかにも、こういった武器も用意した」

チャンが手を上げる。指を三本立てていた。その動作の後、キエフの身体に複数の赤い点ができた。

「……えっ」

二階堂から声が漏れる。

赤い点は虫のように揺れ動いており、主にキエフの心臓周辺と顔に集中していた。そして、二階堂は自分の手にも赤い点が映っていることに気付き、その場から飛び退く。ただ、赤い点はすぐに追ってきた。

「……一応、動かないで。撃たれて死にたいなら構わないけど」

隣にいる明明が呟く。当の本人にも赤い点が付いていた。

「M110狙撃銃《そげきじゆう》も複数人が所持していて、外から狙っている」

チャンは、指を三本立てたまま、腕を下げた。すると、赤い点が一斉に消える。

「可視光線のレーザーポインターを使う必要はないだろう」

「脅しには有効だからな。戦闘が始まれば、お構いなしにやらせてもらう」

歩き出したチャンは、キエフの目の前まで来た。両者、身長は同じくらいの百九十センチメートルほど。体格の良さはチャンに軍配が上がる。

「俺が合図を出せば、トリガーが引かれて真鍮《しんちゅう》の雷管《らいかん》の中心にハンマーが打撃を与え、撃発し、弾薬内の装薬に引火される。そして装薬の燃焼によって高圧ガスが発生し、それに押されて弾頭が銃身内を加速し、お前たちの心臓を貫く。肉体を屠《ほふ》る。一方的な戦争の始まりだ。それが嫌なら、答えろ。ＰＣＰはどこにある？」

「喋るのが好きなんだな」

侮蔑《ぶべつ》するような調子の台詞を吐いたキエフは微動だにしなかった。二階堂から、その表情は見えない。見えるのはチャンの顔だけで、それが歪にねじ曲がる。

「……なにが可笑しい？」

身体を揺すりながらチャンが訊ねる。

キエフの笑い声。二階堂は、それが耳に入ってきたような気がした。

「たかが百人で、トウキョウマンションを制圧するつもりなのが面白くてな」

「……強がりを言うな。戦闘に慣れている百人だ」

「その百人の遺体をどう処理しようかというのが悩みだ。東京湾に捨てるわけにもいかない」

そう言った瞬間、再び赤い点が発生する。先ほどの量の倍以上の赤い点。そして、その点はキエフではなく、チャンに注がれていた。その数、五十を超える。

チャンの顔が凍りつく。

「どうして、トウキョウマンションが独立を保っているのか。そのことを考えたことはあるか」

淡々と、キエフは続ける。

「ここの住人は、いわくつきの人間が多い。暴力団もいれば、チャイニーズ・マフィアもいる。リフォームなどで細分化されて、住居は千三百戸ほどあり、住人は四千人を超える。彼らの半数ほどは戦闘員として訓練されている」

凍りついたように動かないチャンだったが、徐々に平静を取り戻していくのが表情から読み取れた。

「戦闘員といっても、ガキが銃を持っているようなもの。練度の低い兵士が無能なことくらい、あんたも分かっているだろ」

キエフは口角を僅かに上げる。

「トウキョウマンションには、難民支援団体もある。中東やアフリカの紛争地域から逃れてくる人々を受け入れている。ここに辿り着いた彼らは、弾圧する側の武装勢力ではないが、弾圧されて逃れてくる側の彼らも、戦闘の知識はある程度持ち合わせている。だから、その知識を住民と共有し、その対価を渡すことで彼らは生活している。この前ちょうど、エルタワーとの抗争という想定で、大規模な戦闘訓練を実施したんだ。練度は高くないが、十分に戦える。このトウキョウマンションの状況をもっとも把握しているのは私だ。その私が、勝ち戦《いくさ》だと踏んでいるんだ。私は負ける戦いをしない。それは、お前たち管理会社の人間なら承知しているだろう」

はったりではないのだろう。現に、チャンの顔に恐怖が浮かんでいた。

――負ける戦いをしない。

そう言い切ったキエフを、二階堂は空恐ろしく思う。語られたことは真実なのだ。つまり、ここの住人たちは戦い方を教えこまれており、いつでも戦闘ができる状態にあるということだ。

キエフは、一定の調子で続ける。

「武器の購入もしている。その元手となる資金は、お前が探しているＰＣＰだ。外の奴らが、財宝と言っているものだ」

「……やっぱり、あるじゃねえか。どこに隠してやがるんだ」

一瞬の間。

「だから、ないんだ。今、トウキョウマンションにＰＣＰは存在しない。必要な分だけ作り、その都度、金持ちに高額で売っている。在庫は置かない」

「……レシピは？」

チャンの問いに、キエフは人差し指をこめかみに当てる。

「頭の中にある。お前たちみたいな奴らが以前もＰＣＰを狙ってきたことがある。もちろん失敗した。ＰＣＰもなければ、レシピもないからな。このレシピを独占している限り、トウキョウマンションは独立を保つことができる。そして、ここのＰＣＰを求める奴らは、私を殺すことができないんだ。私を殺せば、ＰＣＰも永遠に失われる」

その回答に、チャンは舌打ちをした。

「ＰＣＰは、武器を購入するための資金か」

「それだけじゃない」

キエフは即座に否定する。

「トウキョウマンションの住人は、外の病院にかかることができない。だから大きな怪我をした場合には、ＰＣＰを本来の解離性麻酔薬として使用して処置する。通常のものとは違い、ここのＰＣＰは中毒をもたらすこともないし、錯乱または緊張病状態を伴うことも稀だ。トウキョウマンションのＰＣＰの本来の目的は人を助けることで、外に売るのは副産物だった。まぁそれが結果として、トウキョウマンションを潤わせる資金源になったが。もちろん、荒稼ぎはしない。あまりに目立つと、それはそれで面倒ごとに巻き込まれるからな」

「……なんなんだよ。お前たちは。独立でもするつもりか」

チャンが吐き捨てるように言う。

二階堂も同じ印象を受けた。財宝と呼ばれているＰＣＰで資金を調達し、外敵から守るための手段を持ち、マンション内の住人の医療体制を整えている。

「独立するつもりではなく、独立している」

キエフは当然のように言い、続ける。

「世界はもう諦めてしまっている。救われない人は助けないということが常識になり、救わないと決めている。だから私は、このトウキョウマンションで最後の抵抗をしようと考えている。救わなくていいというレッテルを貼られた人が集まり、協力して生活する場所。そのために、トウキョウマンションは存在している。清濁併せ呑む、最後の砦《とりで》だ」

「おいおい、ここは管理会社のものだろう」

「違う。管理会社は一部の権利を所有しているに過ぎず、文字どおり、管理をしているだけだ。

トウキョウマンションは、住民のものだ」

「……お前も管理会社の人間だろう」

キエフは二度、瞬きをした。

「管理会社と契約を結んでいるのは、ここの剛条会と剣頭を中心とする管理組合だ。その管理組合の依頼を受け、こうして管理をしている。我々現場の人間は、管理会社と直接の雇用関係にない。そして、私はほぼ独立した立場にある、一介の管理人に過ぎない。だが、管理人だからこそ、このマンションと住人を守る義務がある」

「国家でも作るつもりか」

「その解釈で問題ない」

キエフは素直に認める。

「〝正義と公正の原理により弱者が強者から守られる世界秩序〟というのは、ウィンストン・チャーチルの言葉だ。トウキョウマンションの正義と公正は、外の世界とは相容れないが、ここにも正義と公正はある。もっとも矛盾した、もっとも捉えどころのない正義という一つの解釈を、このトウキョウマンションで成し遂げるつもりだ。私は既存の国家を信用していない。既存の国家を拠り所にしない。私が信じるのは、私が作り上げた国家だ。私なりの新世界秩序でトウキョウマンションを運営し、そして、外で切り捨てられた住人たちを守る。歴史を見れば明らかだが、人々は国家というものに振り回されてきた。国の方針で、人々は死んでいった。個の力が及ばない国という集合体を否定はしない。ただ、国だけに頼るべきではない。国という大枠の中で、小さな枠を作る必要があった。国が救えないと匙《さじ》を投げた人を救うことができて、国からの暴力を撥《は》ねのける小さいが強固な枠組みを作る必要があった」

それが、管理人である私の役目だ。

最後の言葉だけ、やけにトーンが高くなっていた。

「……救世主気取りか」

そう呟いたチャンは、やがて下卑た笑みを浮かべる。

「俺にはな、お前の思考が手に取るように分かるよ。キエフ、お前は非常に複雑な人生を歩んでいるから、トウキョウマンションを独立させるなんていう妄想に取り憑かれているんだな。たしか、スペツナズの出身だったな。戦争で、人を殺しまくっていたんだって？」

チャンの言葉に、キエフは返答しない。ただ、全身から発せられる空気が一変したような気がした。

「お前は、侵攻によって人を殺しまくった。ロシアのウクライナ侵攻での罪悪感から偽善者になったんだろ？　だから……」

「はいはーい。そこまでー」

唐突に声がしたかと思うと、一人の男が現れた。貧相な身体つきの男は、引きずるような歩き方をしている。猫背で、陰気。どことなく胡散臭い雰囲気。

「俺以外、銃はしまってねー」

男は片手に拳銃を握っている。もう片方の手にあるのは、金色に光るもの——警察手帳だ。

キエフが上を向く。すると、チャンを狙うレーザーポインターの光が消えた。

「俺はこのトウキョウマンションの悪事を裁く、門仲警察署の陣谷だ。またの名を、正義の味方」

警察手帳をしまった陣谷は、にやりと笑う。

「今までのやりとり、全部このボディカメラに映ってるから」

その言葉を聞いたチャンは、陣谷に近づく。

「……門仲警察署には、話を通していますが」

きょとんとした陣谷は、両肩を僅かに上げる。

「知らないね。俺が信奉するのは金だ。署長でも上司でもなく、金。より多くの金を積まれたほうに力を貸す。私利私欲のために動くのが、資本主義国家日本だろ？　それに、俺は上の人間の弱みを握っているから、警察組織内では結構自由に動けるってわけ。不祥事の暴露は、奇跡を凌駕《りようが》するんだよ。当然、上司の命令も余裕で凌駕する」

ぎり、という奥歯を噛みしめた音が聞こえる。

「……俺は兵役で非常に優秀な人材だったんだ。特に格闘に優れている。次の瞬間に、お前を絶命させることも可能だ。その上で、ボディカメラを奪えばいい」

陣谷は、大きなため息を吐く。

「俺はな。お前たちを心配しているの。百人の遺体が出たら面倒だろ？　ここの財宝を狙っているようだが、力ずくってのは割に合わない。悪いことは言わない。生きてここから出たいなら、このままなにもしないで帰れ。トウキョウマンションは覚悟しているぜ」

マンション全体から、ざらりとした殺気のようなものが放たれる。その異様な気配に、二階堂は身体の震えを抑えることができなかった。

マンション全体が、全員が、戦うという意志を示しているようだった。

チャンは首をねじ曲げ、顔だけをキエフに向ける。

「……こっちの軍事アナリストが、ここの戦力を低く見積もった可能性はある。出直すよ」

そう告げると、長い足を前に出し、ゆったりとした歩調で歩き始めた。

3

目を覚ました二階堂は、一つ大きな欠伸をしてベッドから起き上がる。定宿と化したゲストハウス〝新國際東京《しんこくさいとうきょう》〟は、上海の夫婦が経営しており、３ＬＤＫのそれぞれの部屋をワンルームに改造して貸していた。出入り口にはＣＣＤカメラを取り付けており、そのセキュリティが売りになっているほか、一ヶ月単位で借りれば宿代が安くなる。あと、虫が出ないのも加点ポイントだった。

共同の洗面所に行き、顔を洗って歯を磨く。

歯ブラシを動かしながら、鏡を見る。寝癖が立っている。ずいぶんと髪が伸びたので、一度切ろうと思う。

受付に新聞が置いてあったので読むことにする。

当たり障りのないニュース記事を目で追っていると、一つの広告に目が止まった。内閣府からの政府広報だった。

『子供の貧困　あなたにできる支援があります。【支援の例】●学習支援●子供食堂●子供の居場所づくり』

普段ならば、なんの違和感もない広報。

ただ、キエフの言葉を聞いた後では、引っかかりを覚える。

——国が救えないと匙を投げた人を救うこと。

この広報に書かれた内容は、本来、国がやるべきことではないのか。国が救うべきではないのか。そのための税金ではないのか。

そう思いつつ新聞を閉じ、部屋に戻る。

シャツとチノパンに着替え、ゲストハウスを出る。エレベーターに乗り、二階で降りる。そして、〝ニューデー〟というバーバーに入った。アラブ系の男が鋏《はさみ》と櫛《くし》、そしてバリカンを使って流行の髪型にしてくれるという。

「なにか、仕事ないですか」

二階堂が訊ねる。〝ニューデー〟は散髪のほか、仕事を斡旋してくれると昨日聞いた。それで、ここに来たのだ。

「力仕事は？」

「苦手ですね」

「ヤクの運び屋の経験は？」

「……ないですね」

「度胸は？」

「……いえ、やっぱり仕事はいいです」

二階堂は断る。どんな仕事を斡旋されるか分からず、怖じ気づく。

そして、前に児童養護施設のリョウタが仕事を斡旋してくれると言っていたのを思い出す。子供に頼るのを情けなく思ったが、背に腹は代えられない。子供から紹介される仕事なら、それほどきつくはないだろうと根拠のない推測をする。

バリカンの音を耳元で聞きながら、浅いため息を吐く。

チャンと対峙した日の翌日、解雇通知がメールで送られてきた。働いた分の給与の振り込みがあるかどうかも分からなかったが、関係を絶ちたかったから、訊ねる気も起きなかった。キエフと行動を共にするという仕事はすでに終わっている。それでも、今もこうしてトウキョウマンションにいる。どうして、こんな危険な場所を出ないのか。外に自分の居場所がないこともあるが、それ以上に、疑問を解消したくてここに留まっている。

あれから一ヶ月が経っていた。

裏でなにをやっているかまでは分からないが、管理会社は、武装した人間をトウキョウマンションに送ってきていない。PCPを諦めたのか、それとも、軍事アナリストとやらが、トウキョウマンションの戦力の再評価を行なっている最中なのだろうか。

散髪は十五分ほどで終わった。

「スキンフェードだよ」

トップを残し、サイドを刈ったスタイル。どことなくチャンに似た髪型。自分には似合わないと思うが、今さらどうすることもできない。

三千円を支払い、店を出る。非常階段で一階へと下り、店舗エリアを歩いた。

〝春神楼〟の跡地には、〝ポール〟というアフリカ料理の店ができていた。ネオンで彩られていたが、朝のこの時間帯は光が灯《とも》っていないので、普通の店に見える。ガーナ出身の店主の名前がそのまま店名になっているらしい。前に一度食べたが、なかなか美味しかった。

ガラス張りになっている〝ポール〟の店内に、明明の姿があった。迷ったが、店内に足を踏み入れる。

明明が顔を上げる。目が合うが、すぐに逸らされた。

二階堂は勇気を出して、明明と同じテーブルに座る。特に反応はない。

前回と同じく、ライトスープを注文する。作り置きをしているのか、すぐに運ばれてきた。鶏やトマト、ナスにタマネギといったものが入っている。見た目はミネストローネのようだが、鶏の出汁が濃く出ていて美味しかった。ライスも一緒に運ばれてきた。

「おはようございます。出勤前の朝食ですか？」

「そっちは？」

「求職活動の前の朝食です」

言いながら、ライトスープを啜る。明明も入ったばかりなのだろう。料理はまだ残っていた。

互いに喋ることなく、黙々と料理を食べていく。

このままでは、タイミングを逃してしまう。

「……あの」

二階堂は声を発したものの、続きが出てこなかった。

「聞きたいことがあるなら、早くして」

明明は面倒そうに眉間に皺を寄せた。

「ここ一ヶ月、ずっと、こっちの様子を窺って、喋りたそうにしているから。ストーカーになったのかと思ったけど、聞きたいことがあるんでしょ？」

「あ、はい……」

バレていたのか。恥ずかしさに顔が火照る。

「で、なに？」

「あの」

いざ聞こうとすると、どうやって訊ねればいいのか分からなかった。この一ヶ月間、ずっと聞きたかったことがあった。でも、聞き方が分からない。

「食べ終わったら行くから」

明明が言ったので、二階堂は慌てて口を開く。

「キエフさんの言ったこと、本当なんでしょうか」

「なんの話？」

「あ、えっと……一ヶ月前に言ったことです」

正義と公正の原理により弱者が強者から守られる世界秩序を、トウキョウマンションで作る。そんなことが、できるのだろうか。そのことがずっと気になっていた。だからこそ、二階堂は今もトウキョウマンションにいる。

スプーンを置いた明明は思案深げに沈黙し、首を前に傾け、やがて元に戻す。

「あくまで噂だけど」

前置きをして、少しだけ声を潜めた。

「キエフはスペツナズだった」

「スペツナズって、ソ連の……」

チャンの言葉が蘇る。

——ロシアのウクライナ侵攻での罪悪感から偽善者になったんだろ？

スペツナズとして、キエフは侵攻に関係していたのだろうか。

明明は頷く。

「キエフはソ連時代にスペツナズだった。そして、ソ連崩壊後に部隊は分割され、キエフはウクライナ側の部隊になった。たしか、第十独立特殊任務旅団っていったかな」

「ウクライナ側？　スペツナズって、ロシアの特殊部隊じゃないんですか？」

「そもそも、スペツナズって言葉は、特殊任務部隊って意味でしかない。アメリカのＳＷＡＴとかイギリスのＳＡＳといった特定の部隊の呼称ではないってこと。で、キエフはウクライナ側の部隊にいて、そのままウクライナで暮らして、それで、ロシアとの戦争が始まった」

意外だった。二階堂は、キエフがロシア側として侵攻し、そのときのトラウマを抱えて今に至っているものだと思っていた。

「で、これは前にキエフ本人から直接聞いたんだけど」

明明の顔が寄る。

「ロシアはあの戦争で、ウクライナの子供を少なくとも二万人くらい連れ去っている。それでキエフは、大人の都合で子供が犠牲になる世の中を変えるべきだと思ったらしい。ここは、子供にとって天国じゃないけど、地獄でもない。そして、身の安全は保証されている。子供を守ること。それが、トウキョウマンションの一つのルールであり、皆がこのマンションにいる限り守るべきことであり、キエフがトウキョウマンションを管理する目的――」

淡々とした明明の口調が続く。

そして、言い終えると立ち上がり、会計を終えてから管理事務所のほうに去っていった。

しばらく椅子に座ったままの二階堂は、会計をしてから店を出た。

ゆっくりと歩き、ロビーに至る。そして、天井を見上げる。

トウキョウマンションは、もともと高級マンションだった。そのため、一階ロビーの天井は非常に高く、開放感がある。

視線を戻す。

前方で、白いものが横切ったような気がした。

キエフのように見えたが、幽霊かもしれないと思ってしまうほど、その姿は不明瞭だった。

最後に明明から聞いた、キエフの言葉が浮かぶ。

――この世界は、それほど綺麗なものではない。安全な場所にいたり、良い思いをしている人たちにとっては心地のいい美しい世界だが、そこからこぼれ落ちた人や、見捨てられた人にとっては地獄である。それでも、地獄に甘んじることなく、戦わなくてはならない。地獄から抜け出さなくてはならない。地獄にいる人を、なんとか救い出し、守る。それがトウキョウマンションの存在理由だ。無関心、結構。冷笑、結構。批判、結構。それでも私は、私なりにこの地獄を変える努力をする。

綺麗事で成立するとは思っていないし、潔癖になるつもりもない。

もっとも矛盾《むじゅん》した、もっとも捉えどころのない正義について、一つの解釈を、このトウキョウマンションで成し遂げるつもりだ。

二階堂は、キエフが向かったであろう通路を凝視する。

ここからは、なにも見えない。しかし、キエフ《キーウ》の深い瞳が自分を見つめている。そう思えた。

◉初出
第一章＝小説宝石・二〇二一年六月号、
第二章＝小説宝石・二〇二一年十二月号、
第三章＝小説宝石・二〇二二年八・九月合併号
＊第四章のみ書下ろし

◉主な参考文献
『チョンキンマンションのボスは知っている　アングラ経済の人類学』小川さやか（春秋社）
『重慶大厦百景』河畑 悠（彩図社）

※この他、多くの書籍、インターネットのホームページを参考にさせていただきました。
ただし、参考文献の趣旨と本書の内容は、まったくの別物です。

石川智健（いしかわ・ともたけ）

1985年、神奈川県生まれ。

25歳のときに書いた『グレイメン』で2011年に国際的小説アワード「ゴールデン・エレファント賞」第2回大賞を受賞。

'12年に同作品が日米韓で刊行となり、作家デビューを果たす。

現在は医療系企業に勤めながら、執筆活動に励む。

著書に「エウレカの確率」シリーズ『小鳥冬馬の心像』『20 誤判対策室』『断罪 悪は夏の底に』『私はたゆたい、私はしずむ』『闇の余白』『ゾンビ3.0』『警視庁暴力班』などがある。

トウキョウマンション

著者　石《いし》川《かわ》智《とも》健《たけ》

発行者　三宅貴久
発行所　株式会社 光文社
〒112-8011 東京都文京区音羽1-16-6
電話　編集部　03-5395-8254
書籍販売部　03-5395-8116
業務部　03-5395-8125
URL　光文社 https://www.kobunsha.com/

組版　萩原印刷
印刷所　堀内印刷
製本所　ナショナル製本

2023年7月30日　初版1刷発行

ISBN978-4-334-91540-7

TOKYO
MANSION